FSC
www.fsc.org

MIX

Papier aus ver-
antwortungsvollen
Quellen
Paper from
responsible sources

FSC® C105338

AF205869

BOOKS on DEMAND

Revolverfressen. Der weltberühmte Mathematiker Grigori Perelman und sein geistiger Förderer Sergej haben das Stadttheater unter ihre Kontrolle gebracht. Während Sergej die Zuschauer in der Oper mit sadistischen Folterspielen verhöhnt, setzt Perelman im Schauspiel auf einen bombensicheren und zynischen Schlussakt: Im Zuge der Selbstauslöschung soll am Ende der ganze Kulturtempel mitsamt dem Publikum in Schutt und Asche versinken. In der absurd wirkenden Kulisse von Zweigs „Schachnovelle" bricht sich der antisemitische und rassistische Furor Bahn. Perelmans Schweigen entlädt sich nach Jahren der Demütigungen in einer rastlosen Beichte, die sich dem Zuschauer wie eine Schlinge um den Hals legt. Bobby Fisher, Bob Dylan, Margot Honecker, ein Mann ohne Gesicht, eine aufblasbare Erotikpuppe und letztlich Gott selbst sind nur einige der Figuren, die jetzt aus und mit diesem geschundenen Erzählkörper korrespondieren und Perelman an der Rampe wüten lassen.

Thomas Hergets packendes Beinahe-Monodrama kennt kein gutes Ende. Perelmans Sehnsucht nach Anschluss in einer von allen guten Geistern verlassenen Welt lässt zwischenzeitlich sogar den aberwitzigen Akt eines Terroranschlags als humanen und inkarnierten Teil einer Selbstreinigung erscheinen, in deren Verlauf sich der gebrochene Protagonist zu einem Erlöser aufschwingt. Aber ist dieser Kenner der Weltformel tatsächlich jenes Rechengenie, für das er sich ausgibt? Oder spricht aus all den aufgesetzten Posen nur ein desillusionierter Staatsschauspieler, der den letzten Vorhang zu einer blutigen Privatvorstellung nutzt, um es noch einmal richtig krachen zu lassen?

„Revolverfressen" ist ein Monster aus schrillen Kopfstimmen, deutschen Schlagern und übersinnlichen Begegnungen. Aber auch das zarte Porträt eines Mannes, der sich von einem zunehmend seichter werdenden Kulturbetrieb missbraucht und ausgekotzt fühlt und nun als beschädigter Racheengel im Rampenlicht berserkert. Unverdaulich und doppelbödig bleibt dieses Theater im Theater nach allen Richtungen, eindeutig ist es nur in seiner Wirkkraft. Denn keiner, der das Stück gelesen oder gesehen hat, wird je wieder verächtlich über die Wissenschaft reden oder achtlos auf Schauspieler blicken.

Thomas Herget wurde 1964 in Frankfurt am Main geboren. Neben seinem Studium in Darmstadt schrieb er bereits als Autor für Zeitungen und Zeitschriften im deutschsprachigen Raum. Es folgten literarische Förderpreise und Stipendien in den Achtziger- und Neunzigerjahren. Danach war er vorwiegend journalistisch tätig, publizierte in den Bereichen Gesellschaft, Kultur und Wissenschaft unter anderem für taz, Frankfurter Rundschau und diverse Magazine. Außerdem veröffentlichte er Film- und Theaterrezensionen, etwa für die Passauer Neue Presse und Junge Welt.

„Wahrlich, keiner ist weise, der nicht das Dunkel kennt"
Hermann Hesse

Thomas Herget

Revolverfressen

Das Stück entstand zwischen März 2014 und Januar 2017.
Die Erstausgabe erschien 2018 bei BoD - Books on Demand.
Alle Rechte vorbehalten, insbesondere das der Aufführung
durch Berufs- und Laienbühnen und das des öffentlichen
Vortrags, auch einzelner Abschnitte.
Diese Rechte sind nur vom Rechteinhaber zu erwerben.
Umschlagmotiv von Rhino Press.

Veröffentlicht als Paperback bei BoD, 2018.
Alle Rechte vorbehalten.
Copyrigt © 2018 Thomas Herget/Rechteinhaber.
Illustration und Gestaltung: Rhino Press.
Die Deutsche Nationalbibliothek verzeichnet diese Publikation
in der Deutschen Nationalbibliografie.
Detaillierte bibliografische Daten sind im Internet über
http://dnb.dnb.de abrufbar.
Herstellung und Verlag: BoD - Books on Demand,
Norderstedt.
ISBN: 978-3-7481-3122-9

Inhalt

Revolverfressen

Personen

GRIGORI PERELMAN
MANN OHNE GESICHT *(stumm, eine Vision)*

Diverse Stimmen, Geräusche und Musik. Das Stück
spielt in einem Theater. Bis auf eine Ansage aus dem
Off, ist es nur Perelman, der spricht.

Um Details besser abzubilden, zu akzentuieren oder
zu verfremden, sollten Teile der Inszenierung als Live-
Projektion auf Monitoren oder Leinwänden gezeigt
werden. Stationäre Kameras. Alternativ oder ergänzend
dazu verwackelte Handkamerabilder, im Stil einer sehr
freien Dokumentation.

Werkstattbühne in einem Theater. Zu hören ist das musikalische Fragment „Ferdinand VIII" aus Alfred Schnittkes Ballettzyklus „Sketches". In der Kulisse von Stefan Zweigs „Schachnovelle" zeichnet sich das Oberdeck eines Passagierdampfers ab, maritime Dekoration mit Rettungsringen, Tauen und allerlei Kreuzfahrtfolklore. Ein Schachspiel mit Riesenfiguren, wie es gerne von Rentnern in Parkanlagen bespielt wird. Eine Kinderschaukel. Ringsum sind Kameras auf Stativen auf die Szenerie ausgerichtet. Mit den letzten Textfetzen der Musik, die Gogols Geschichte „Aufzeichnungen eines Wahnsinnigen" in Ausschnitten wiedergibt, schält sich ganz bedächtig Grigori Perelman unter der eingefallenen Ballonseide eines Fallschirms heraus, ein abgerissener Typ von fünfzig in einem öligen Fliegeroverall. In der einen Hand hält er einen Apfel, in den er beißt, in der anderen einen Schundroman, in dem er liest.

… Sie geben ihren Kindern jetzt jüdische Namen, sagt Sergej. *Er blickt auf.* Nicht Hans oder Ingrid, nein Grigori, Elias, Hortensia und Joshua nennen sie die Brut. Die siegfriedblonde. Auf den Straßen wimmelt es nur von sabbernd-plärrenden Wiedergutmachungsversuchen. Ein Opa bei der SS, an dem man sich moralisch abarbeiten kann, gehört bereits zum Identitätsgerüst aller Bußfertigen. Was ist mit dir, Grigori, fragt mich Sergej, gibt dein Stammbaum nichts her? Ariernachweise? Ein deutscher Schäferhund? Opa fiel bei Brjansk, sag ich in fliegender Hast. Herbst Einundvierzig. Ganz schlecht, sagt Sergej. Ein jüdischer Großvater, und dann hat der es noch nicht mal bis Stalingrad geschafft, sondern nur bis in dieses Schlammloch vor Moskau. Er ist gefallen, sag ich, er ist gestorben für das russische Volk, für dich und für mich. Einer von Dreißigmillionen. Aber erfroren ist er beileibe nicht, wirft Sergej ein, erfroren im vaterländischen Krieg, im ruhmreichen Bewusstsein, die sechste Armee in die Kanalisation von Stalingrad gescheucht zu haben. Ich will dich nicht diskreditieren, Grigori, noch zweifle ich an deinem guten Willen. Aber mir scheint, dir fehlt es an Überzeugung, was wohl in der Familie liegt, sonst wäre der Opa vermutlich kaum mit seinem besoffenen Kopf in diese Pfütze gefallen. Die falschen Gene können einen richtig übel mitspielen, mein Freund, vielleicht hast du davon gehört, Grigori? Wenigstens sind dem alten Judd Stalins Häscher erspart geblieben, die dunklen Folterkeller, so durch den Wind, wie der war, hätte der doch bei der erstbesten Gelegenheit gesungen wie ein Vögelchen …

12

Er legt den Groschenroman zur Seite, robbt nach vorne.

... Die Physik begann mich zu faszinieren. Weniger die Mathematik, die wurde Brotberuf, na schön. Zum ersten Mal aber setzte die Physik meinem nebulösen Denken konkrete Grenzen. Zum ersten Mal ahnte ich, was exakte Begriffe bedeuten, nicht eine Wahrheit, die es nur dank der Vernunft gibt, von ihr kunstvoll und listenreich erstellt, eine menschliche Wahrheit, als solche gewiss unendlich anspruchsloser als die göttliche Wahrheit, aber dafür unendlich gewisser, weil sie nachprüfbar und widerlegbar ist und keinen Glauben verlangt. *Steht auf. Beißt in den Apfel, kaut herausfordernd.* Der Künstler hingegen ist frei. Er weiß nichts, deshalb ist er ebenso frei von Skrupeln. Jetzt wird der Einwand aufgeworfen, es sei unerlaubt, das zu schildern, was man nicht selber erlebt hat, als ob Leiden etwa eine Art Monopol zum Dichten schüfe, aber war Dante in der Hölle? Ich verzweifle nicht, aber ich stelle die Verzweiflung dar. Ich bin verschont geblieben, aber ich beschreibe den Untergang. Es ist mir plötzlich klargeworden, dass etwas an mich herangetreten ist, dass ich Glauben nennen möchte. Ich glaube daran, dass ich ohne Rücksicht und ohne Angst den Weg gehen muss, den ich sehe. Ich weiß nur, dass etwas Elementares in mir geschah, das mir nun unfassbar geworden ist, dass mich aber verändert hat, so dass es keinen Weg zurück mehr geben darf. Seelenfrieden kann einer wie ich nicht finden. So haben es mir die Erdgeister und der Mann ohne Gesicht eingeflüstert. *Geht ehrfürchtig auf die Knie, legt ein Ohr auf den Boden. Hört. Spricht ergriffen weiter.* Sergejs Zweifel beschämen mich. Er stellt meine Glaubensstärke offen infrage, was in Anbetracht meiner Herkunft einleuchtet. Ich werde töten, gütiger Gönner, möchte ich ihm nachrufen … ach was, wüten werde ich! Wie ein Teufel in Menschengestalt pochende Organe aus warmen Körpern herausreißen. Heute … nein, nicht heute … morgen vielleicht … sicher aber zu gegebener Zeit. Gott ist mein Zeuge und Henker, nur die Reue fehlt im Marschgepäck. Sergej, du kannst dich auf mich verlassen, das Leben ist geborgen unter treuen Freunden …

Steht auf. Kommt weiter nach vorne. Wirkt ernüchtert auf den Boden der Tatsachen zurückgekehrt.

… Verzeihung, das ist alles eine riesengroße Scheiße. *Er kaut noch auf einem Stück Apfel herum, schluckt den Rest herunter.* Noch zwei Minuten bis zum Absprung, ruft Sergej, aber ich sehe nur Lichter dort unten. Rote. Weiße. Blinkende. Das ganze Elend. Du bist nicht bei Verstand, brülle ich hinauf ins Cockpit, da haben wir diesen fliegenden Seelenverkäufer durch feindliche Funkfeuer und undurchdringliche Nebelbänke geprügelt und … und jetzt willst du mich mit dem Fallschirm über einer Müllverbrennungsanlage absetzen? Das dort unten ist doch hoffentlich kein Atomkraftwerk, auf dem es so scheußlich flackert? Es sind die Positionsleuchten des Stadttheaters, plärrt Sergej zurück, das Ziel unserer Mission. Wir sind keine Minute zu früh, die Funzeln sehen sich zum Verwechseln ähnlich. Verzeihung, sag ich, aber das ist alles eine riesengroße Scheiße …

Er legt das Kerngehäuse des Apfels und den Schundroman beiseite. Vor der Türe, über der das grüne Notausgang-Schild glimmt, platziert er einen Standventilator, der ein laues Lüftchen verströmt. Er stülpt sich die Fliegerbrille über und hängt sich mit beiden Armen draufgängerisch in den Türrahmen ein. Alles soll authentisch wirken, als probe er todesmutig in voller Fallschirm-Montur einen Flugzeugabsprung aus großer Höhe. Die ventilierte Luft zerrt zwar nur schwach an Haaren und Kleidung, aber er muss lauter sprechen, damit man ihn versteht.

… Ich mach das nicht für mich, sag ich, ich mach das auch nicht für irgendjemand. Nur der Sache wegen, hörst du? Der großen Aufgabe wegen. Durchdrungen von dem Ideal, in keinem Auftrag unterwegs zu sein, hast du das verstanden? Frei wie Kinder, das muss die Botschaft sein. Und unschuldig! Unschuld geht immer. Es muss … es muss jedenfalls der Eindruck vermieden werden, wir agierten aus niederen Beweggründen. Alles, nur das nicht! Was wird heute Abend denn gegeben? „La Traviata" in der Oper, sagt Sergej, die „Schachnovelle" in der Werkstatt, und im Schauspiel bringen sie was mit Nazis und einem geläuterten Piloten. Vergangenheitsbewältigung als Dauerbuße, sag ich, kein übles Rahmenprogramm zum Sterben, sind die Nazis wenigstens echt? Das … das wird man von diesen Kulturmenschen hoffentlich noch erwarten dürfen, dass sie den Aufrechten im Lande halbwegs authentische Feindbilder an die Rampe stellen. Schwer zu beschaffen, sagt Sergej, die Zeiten, in denen gestandene Burschenschaftler beherzt vom Leder ziehen durften, sind längst vorüber. Nach dem Niedergang des Konservatismus müssen sich die Schauspieler ihre Gesinnung wieder hart antrainieren. Wie Türsteher ihre Muckis. Unter den Theaterpädagogen kurieren bereits Statistiken über die Eignung zum Nazi. Wer braun sein darf, das entscheidet nicht mehr das Los. Seitdem der Zentralrat der Juden eine Quotenregelung eingeführt hat und jede Aufführung filmt, haben die nichts mehr zu lachen, die Pädagogen. Deshalb spielen sie an Weihnachten normalerweise amerikanische Kindermärchen mit Untertitelung. Das Publikum schätzt es kaum noch, angespuckt zu werden. Und beleidigt schon gar nicht. Die haben den Aufführungen die Provokationen und der Literatur die Sprache ausgetrieben, sag ich, kein Handke, kein Bernhard, der spielende Mensch, wo ist er geblieben? Heute tragen Schauspieler Mikrofone, sagt Sergej, die können nicht mehr sprechen, sie werden über Monitore gezeigt. Den Hamlet räumen sie in sechzig Minuten ab, und den Heinrich Faust spielt eine Mulattin mit Hitlerbärtchen und rollendem R. Peymann, sag ich, früher gab es diesen Peymann, der war zwar links, aber das kehren wir jetzt mal unter den Teppich, der hat für die Ensslin gesammelt. Für neue Zähne. Und der Christian Klar durfte als Bühnentechniker bei dem arbeiten, der hatte noch ein Herz für Bombenbastler, der Peymann. Lange tot, sagt Sergej, heute ist nichts mehr politisch, die jungen Wilden haben alles ironisiert, was es nur schlimmer macht, weil keine Sau mehr diese verdammte Ironie versteht. Die stellen den König Lear als Schwuchtel mit Migrationshintergrund an die Rampe, Cordelia und Goneril sind Taubstumme mit Down-Syndrom. Geisterwesen von jenseits der Milchstraße. Claudia Roth hat bei der Premiere applaudiert wie eine Bekloppte.

Das ist doch verdächtig, wenn eine wie die Roth da klatscht wie bescheuert? …

Tritt vor den Ventilator, macht ihn aus. Lehnt sich entspannt zurück in den Türrahmen, die Arme vor der Brust verschränkt. Nachdenklich.

… Warum werde ich aus dir nicht schlau, Sergej, mein treuer Freund und Gönner? Wirst geliebt von der schönsten Frau der Welt. Klassische Gesichtszüge. Mehr sag ich nicht. Vermutlich zündet sie sich daheim gerade das Kaminfeuer an oder hängt die Wäsche zum Trocknen ins Freie. Und du? Spielst diesen Banditen auf dem Weg zur Hölle. Dabei könntest dir von deiner Professoren-Pension leicht einen Wanst anfressen und Bücher schreiben. Bücher, du hast mich richtig verstanden! Über die letzten ungelösten Rätsel der Mathematik meinetwegen. Zermarterst dir stattdessen das Hirn über Frauen in der Politik, ich fasse es nicht! Dabei ist nicht einmal ausgeschlossen, dass sie recht hat, die nette Claudia. Vielleicht haben diese Krüppel, deren Zurschaustellung wir zynisch finden, tatsächlich Talent, wer weiß das schon? Hat nicht Shakespeare mit diesem Irrsinn angefangen, Frauenrollen mit Kerlen zu besetzen? Wir werden draufgehen wie die Ratten, darauf kannst du jedenfalls einen lassen. Verscharren werden sie uns wie den Plebs. Mitsamt dem aussätzigen Geschmeiß, anonym, weit draußen vor den Toren der Stadt auf einem morastigen Acker. Nicht mal Grabsteine werden sie uns spendieren. Jeder, der so ein Ding mit unseren Namen aufzustellen wagt, müsste Angst haben, gelyncht zu werden. Ich kann die Maschine nicht mehr auf Kurs halten, brüllt Sergej verzweifelt hinter meinem Rücken, die schweißnassen Hände am flatternden Steuerknüppel. *Ahmt es nach.* Der tollkühne Sergej, er meint es wie immer gut, die alte Antonow wurde für solch ein Himmelfahrtkommando wirklich nicht konstruiert. Dass mit dem Peymann, sag ich, das ist doch ein Witz. Der Peymann, der hat todsicher überlebt … und wenn nicht, dann ist der doch irgendwie unsterblich. Jede Wette, der verjubelt seine Gagen gerade irgendwo auf den Kaimaninseln, inmitten vollbusiger Sexsklaven, die ihm den ganzen Tag Drinks mixen und die Eier lutschen. Was spricht eigentlich gegen die Annahme, dass Lears Töchter tatsächlich Idioten waren und die Roth viel klüger ist, als sie aussieht? Sergej, ich will dir nur die Alternativen schmackhaft machen, kapierst du? Es gibt immer eine Hintertüre, die man sich offen halten sollte. Die Tatsache, dass ich sie zugeschlagen habe, spricht nicht gegen sie. Was ich über deine Frau gesagt habe, ist allemal eine Überlegung wert. Du bist verrückt, wenn du nicht darüber nachdenkst. Was hab ich hingegen schon zu verlieren? Grigori, schreit Sergej aus dem knarzenden Cockpit, was ist nur in dich gefahren, mach, dass du hier rauskommst! …

Er imitiert den Fußtritt, mit dem ihn Sergej unsanft aus der Maschine bugsiert. Stößt sich vom Türrahmen ab und läuft in weit ausholenden Achterbahn-Schleifen mit ausgebreiteten Armen und geöffnetem Mund über die gesamte Bühnenbreite, den freien Fall zur Erde nachahmend. Zischlaute, mit denen er die tosenden Windgeräusche wiederzugeben versucht, beeinträchtigen nachfolgend den Redefluss.

… *Lauter* Pass auf die Zünder auf, ruf ich ihm nach, das Quecksilberfulminat detoniert schon bei kleinen Stößen und der geringsten Erwärmung, das reißt die ganze Hauptladung mit. Immer langsam mit der Braut, mein Freund. *Während der Flugsimulation tritt er gedankenverloren gegen eine Truhe, was ihn kurz aus der Bahn wirft, aufschreien und mit schmerzverzerrtem Gesicht an den Fuß fassen lässt. Weiter, angestachelt.* Kümmere dich um die Feuerwehrleute und den Pförtner, schreit Sergej mit pumpender Stimme, von der Theaterleitung droht keine Gefahr, nur die rumänischen Putztruppen und den Mann ohne Gesicht solltest du im Auge behalten, hörst du? Der existiert zwar nur in deiner Fantasie, aber er nährt sich von Zweifeln und Zaudern, tritt mal als Spurensicherer, mal als Taxifahrer auf den Plan. Ganz anders als diese Rumänen. Illegale sind das. Keine Papiere, dafür latent durchtrieben, und die Arbeit, das sag ich dir, die Arbeit haben die nicht erfunden. Das sind verdammte Fürsten der Dunkelheit, ich hab sie übers Wasser laufen sehen. Okay, brüll ich nach oben, dann sehen wir uns im Fundus wieder und stellen die Zünder scharf, aber da ist die Antonow nur noch ein blinkender Klecks auf einer schwarzen Leinwand voller funkelnder Sterne und … *Stockt mitten im Satz …*

Glaubt etwas gehört zu haben. Leiser weiter.

… Da sind sie schon, die Fürsten der Dunkelheit …

Geht auf Zehenspitzen zum Notausgang, der hinaus auf den Gang führt, von wo nun lauter werdende Schritte zu hören sind. Legt ein Ohr an die Tür, öffnet sie einen Spalt. Von draußen dringen jetzt auch Stimmen von einer kleineren Personengruppe hinein. Ein Karren wird geschoben, ein Eimer abgesetzt. Lachen. Weil er Angst hat, entdeckt zu werden, läuft er vor zum Fallschirm und verkriecht sich unter der Ballonseide, die kurz aufbauscht. Auf dem Gang ist noch das Kla-

cken eines umgefallenen Wischmopps zu hören, dann entfernen sich die Schritte und Stimmen langsam. Stille. Erst nach einiger Zeit wagt er sich aus seinem Versteck heraus. Kriecht auf allen vieren vor zur Rampe. Er ist zwar erleichtert, nicht von der Putztruppe entdeckt worden zu sein, aber der lädierte Fuß raubt einen Teil seiner Aufmerksamkeit.

… Das Ratschen des Klebebands ist einmalig. *Zieht sich den Socken aus.* Nie werde ich das Geräusch kurz vorm dritten Akt vergessen. Die dem Tod geweihte Violetta trauert gerade noch darüber, dass sie ihrem Geliebten Alfredo nicht das Herz öffnen kann, als wir schon die Bomben an ihre Sessel kleben, Plastiktüten mit TNT und Rohrbomben mit rostigen Nägeln und Schrauben. *Massiert sich den schmerzenden Fuß.* Während ich mit der Kalaschnikow Eindruck schinde, platziert Sergej bereits einen riesigen Sprengsatz in der Mitte des Saals, obendrauf setzt er eine halbnackte Studentin, die den Zünder auslöst, wenn sie sich bewegt, die zittert vielleicht wie Espenlaub. Plötzlich stellt sich ein Mann mit seinen beiden Jungs vor Sergej. Es sind noch Kinder, sagt der Mann, lassen Sie die wenigstens frei. Warum, sagt Sergej, dort wo ich herkomme, gelten sie längst als erwachsen. Donnerwetter, denk ich, so viel Schlagfertigkeit hab ich dem alten Rechengenie nicht zugetraut. Und dann zwingen wir den Rest der Truppe, sich auf den Boden zu legen, damit wir über ihre Köpfe hinweg auf die Balkone ballern können, ratatatatatata, was ziemlich albern ist, aber Respekt verschafft. So viel Feuerwerk muss sein, gerade bei „La Traviata". Hier, damit du dich nicht langweilst, sagt Sergej zu der nackten Studentin auf der Bombe, und klemmt ihr ein Fahnenstöckchen in den Mund, dass sie nicht so mit den Zähnen klappert. Witzig sieht das aus, wenn die russische Flagge so am Stöckchen zittert. Schade, dass er keines mehr für ihren Arsch übrig hat …

Ein stechender Schmerz lässt ihn beim Aufstehen aufschreien und bedenklich zur Seite einknicken. Humpelnden Schrittes schleppt er sich an die Truhe heran. Überlegt. Kippt dann den Inhalt der Holzkiste wutentbrannt inmitten des Schachfeldes aus. Ein buntes Konvolut maritimer Fundsachen kommt krachend zwischen den Standfiguren zum Erliegen: Seile, Bücher, Panzerband, Kreidestifte, Messer, ein Kassettenrekorder, Undefinierbares. Beim Herumstochern in den Gegenständen erweckt nur ein unansehnlich gefaltetes Packet von gummiartiger Konsistenz, einer Luftmatratze nicht unähnlich, sein Interesse. Die Luft, die er dem labberigen Gebilde unter Mühe einbläst, raubt ihm beim Weiterreden gehörig den Atem.

… So müssen Kirschen sein, sagt Vater, urinsauer und wild getigert mit schorfiger Haut. Ich mag lieber die Süßen, sag ich, die dunkelroten mit mattem Glanz. Voll mit Würmern, sagt Vater, die hast du nie alleine, die süßen. Das ist wie mit den Weibern, die trampeln dir auf der Seele herum, tanzen Polka auf der Zunge, diese Maden. Der Glanz des Guten, mein Junge, versteckt sich unter der Oberfläche, merk dir das. Er nimmt mich am Arm und führt mich ganz nah an den Baum heran, unter dem es leise schmatzt und in dem die reifen Früchte sich im Wind bewegen, der nicht weht. Was hab ich bloß falsch gemacht, dass sich mein begabter Judenbengel zukünftig die Kirschen mit den Larven der Fruchtfliege teilen möchte, fragt Vater und lacht. Und wie er lacht! Er lacht so laut, dass mir speiübel wird. Von den wurmstichigen Kirschen vielleicht oder weil der Aberwitz der Situation unendlichen Ekel provoziert. Dieses Lachen, das ich immer nur ersterben hörte und nie über sich hinauswachsend, wenn Mutter die Stimme erhob …

Die vermeintliche Schwimmhilfe ist überraschenderweise zu einer veritablen Sexpuppe angeschwollen. Kopf und Gliedmaßen sind, wie bei der wundersamen Metamorphose eines Schmetterlings, aus einem reizlosen

Torso herausgewachsen. Verdutzt taxiert er ihn an ausgestreckten Armen und aus unterschiedlichen Perspektiven. Mit dem Panzerband fixiert er dann die Puppe stehend auf dem Sitz der Kinderschaukel. Sie überragt ihn um gut einen Kopf. Mund, Schamlippen und Brüste wirken grotesk überzeichnet.

… Den Dünger haben sie nicht entdeckt. Handelsübliches Blaukorn. Zusammen mit rostigem Schrott ein durchschlagendes Erfolgsgeheimnis. Grigori, verraten Sie mir das Rezept für ihre beeindruckenden Tomaten?, fragt die alte Matschoke. Ammoniumnitrat, sag ich. Aha, sagt sie, und hinter den neuen Brillengläsern lese ich in ihren Augen, wie es in der Birne der feinen Dame zu rattern beginnt. Sie ist nicht gerade der hellste Stern am Firmament, sagt Mutter, aber eine Seele von Mensch. *Zur Puppe.* Du kennst doch Mutter? *Wartet. Dann nachsichtig.* Okay, sie würde dich nicht augenblicklich als Schwiegertochter akzeptieren. Aber eines sag ich dir: Vorurteile kennt die nicht, und hochtrabende Titel sind der schnurzpiepegal. Da kannst du lange suchen, bis die mal was beeindruckt. *Pause.* Sag mal, wie heißt du eigentlich? *Geht um sie herum, kniet sich vor sie hin, entdeckt dann einen Aufdruck im Schritt. Liest.* Virgin Lovedoll. Modell BO4BP7ZO. Made in China. Material PVC. Bitte schonend reinigen.

Nicht für den Verzehr geeignet. Kann Weichmacher und Spuren von Haselnüssen enthalten. *Verdutzt.* Es ist nicht auszuhalten, aber wie soll ein Rasseweib, wie du eines bist, den Männern den Kopf verdrehen, wenn dir irgendeine Schlitze aus der Marketingabteilung einen Namen gibt wie ... wie einen von diesen Blechdosen aus Star Wars? *Überlegt.* Weißt du was, ich nenne dich Maria! Die Tochter unseres großen Präsidenten heißt so, eine schöne Frau, keine aufgeblasene Fotze. Riesengroßer Busen mit steifen Nippeln. *Drückt Maria an sich heran. Erregt.* Gieriger Verwöhnmund mit weichen Lippen. Lebensecht ausgeformte Vagina mit genopptem Liebestunnel und Powervibration. Willensstark bei totaler Deformation und orthodox bei größter Selbstaufgabe. Neurussland, das volle Programm. So wie ich jetzt deine schweißnasse Hand halte, das müsste dir doch auch irgendwas bedeuten? Maria, sag halt, dass du es auch willst! *Unter der rabiaten Zweisamkeit hat sich bei Maria versehentlich das Ventil geöffnet, worauf langsam und hörbar Luft entweicht, der Kunststofftorso in Grigoris Armen zusammensackt und nun schlaff im Panzerband hängt. Noch baff, während er Maria reumütig herzt. Patriotisch gefasst, als er sie dann mit einem rabiaten Kick auf der Schaukel fast zum Überschlagen bringt.* Das Land muss Opfer bringen, erst das macht eine Nation einzigartig. Durfte ich je daran zweifeln? *Tritt an Maria heran, hält sie fest.* Was macht es schon, wenn sich die Liebe ein bisschen kleiner machen muss, als sie ist. Ich hab übrigens nichts gespürt beim Händchenhalten, du etwa? Da war nichts, hörst du? Rein gar nichts! Der Präsident kann alles bezeugen ...

Beim Weiterreden versucht sich Grigori an einem Hen-kerskonten. Das Knüpfen der zahlreichen Rundtörns gerät zu einer Sisyphusaufgabe, weil ihm wiederholt das Truhen-Seil entgleitet. Nur seiner Engelsgeduld ist es zu verdanken, dass er am Ende ein brauchbares Resultat in Händen hält.

... Mutter ist schwermütig geworden. Es steht ihr im Gesicht geschrieben. Die verdammte Glotze! Biathlon. Und volkstümliche Hitparaden. Ohne Unterlass. Biathlon! Meine fast blinde Mutter! Dazu redet sie dummes Zeug und reicht mir Anis statt Pfeffer zur Soljanka. Sternanis! Zu allem Überdruss liest sie mir diesen trivialen Stuss aus dem Herold vor. Nicht schlimm, könnte man meinen, wenn es nur nicht immer die gleichen Geschichten wären. Poltergeister bei Prinzessin Kate, verheimlichte Liebesdramen bei Caroline, irgendwelche pikanten Geständnisse von schwulen Modezaren. Mutter, sag ich, mach mal halblang, die Story kenne ich schon zur Genüge,

Steffi Graf will noch ein Kind, hab ich recht? Mit achtundvierzig, sagt Mutter, die hat doch nicht alle Tassen im Schrank, hat die nicht irgendwann ausgesorgt? Sie werden noch an Blödheit sterben, sag ich, nur halb im Scherz. Dabei weiß ich gar nicht, wie das gehen soll, Sterben durch geistige Unterforderung? Das würde dann ja so im Totenschein stehen. Tod durch Ebbe in der strohigen Birne. Höchstoffiziell! *Schlendert mit geschultertem Galgenstrick zum Kassettenrekorder. Sucht nach einer Steckdose. Steckt den Rekorder ein.* Von solch einer Todesursache hab ich noch nie von gehört, sagt Mutter, aber du könntest deinem armen Mütterchen schon etwas Respekt entgegenbringen. Denkst wohl, mir ist dein Wink mit dem Zaunpfahl verborgen geblieben. Die Welt besteht nicht nur aus Nobelpreisträgern, mein Sohn. Ich bin eine einfache Frau, aber nicht so töricht, dir den Triumph der Überlegenheit kampflos zu überlassen. Jedenfalls bin ich nicht scharf darauf, in die Kreise eingeführt zu werden, in denen du verkehrst, das überrascht dich jetzt, was? Die sind mir so was von egal, diese Menschen, die sich ein Leben lang siezen, selbst wenn sie gemeinschaftlich die übelsten Schandtaten aushecken! Verbrechen sollten eigentlich zusammenschweißen. Im Fernsehen füllen sie damit ganze Nachmittage. Ich weiß, wovon ich rede. *Er wirkt entrückt.* Aber die Leere ist eine der letzten

Geheimnisse auf Erden, sag ich, des Universums womöglich. Sie können von glücklicher Fügung reden, von ihr auserwählt worden zu sein. Eine Hüterin des geistigen Keinerlei. Jede Forscherseele stünde in Flammen, könnte sie ergründen, wie die Leere das Denken bestimmt. Und das Nichts dann diese Leere. *Beseelt.* Nichts als Leere, verstehen Sie, Mutter? Und was man als letztes sieht, bevor der Verstand entweicht und diese allumfassende Dummheit einem für alle Ewigkeiten den Kerzendocht abklemmt. *Er singt. Ein Lied von Patrick Lindner. Schunkelnd und im Wiegeschritt rüber zu Maria, in die er erneut ein wenig Luft einbläst und nun sanft zum Schaukeln schubst.* Die kleinen Dinge des Lebens/schenkt dir der Himmel vergebens/wenn du nicht siehst/dass die Blumen blühen/über dir Sterne glühen/nimmst du sie dankbar entgegen/die kleinen Dinge im Leben/dann brauchst du gar nicht der Größte sein/es zählt nur das Herz allein/und wenn dir mal in deiner kleinen Welt … *Er stoppt abrupt im Lied. Sinkt nach einem angedeuteten Kopfschuss theatralisch zu Boden.* Peng! Aus! Ende! *Bleibt eine Weile reglos am Rücken liegen, steigert sich dann mit angezogenen Beinen in einen Lachkrampf hinein, der ihn zeitweilig am Weiterreden hindert.* Da siehst du es, sagt Mutter, man kann nicht sterben an dieser Blödheit. Das ist keine Krankheit, die einen gebückt in die Kiste steigen lässt. Die Vorsehung des Unwissens lässt uns hingegen vor Glück taumeln. Sie wirft uns kurz auf die Bretter, das schon. Aber sie tötet nicht, die Einfältigkeit, sie lässt einen ohnmächtig zurück, als Beweis der Unschuld in Momenten der reinen Erkenntnis …

Steht auf. Schüttelt sich den Dreck aus den Haaren und klopft sich den Staub aus dem Overall. Eilig wirft er den Galgenstrick über die Längsstange der Kinderschaukel. Befreit Maria aus dem Panzerband-Korsett und legt ihr stattdessen die Schlinge um den Hals. Weil er dem langsamen Tod durch Strangulation misstraut, packt er die prall gefüllte Sexpuppe zusätzlich an den Beinen und zieht kräftig daran, um einen raschen Exitus durch Genickbruch herbeizuführen. Dann fällt er, wie am Schluss in einer billigen Westernfilm-Parodie, vor ihr auf die Knie und hält betend inne.

… Für mich ist das nichts. Die reine Erkenntnis. Von mir aus können sie gebären und adoptieren, bis sie bucklig sind, diese gelangweilten Tenniskinder und schwulen Prinzen. So, und jetzt lesen Sie mir bitte die Neuigkeiten über die durchrosteten Sturmflutwehre über der Newabucht vor, sag ich zu Mutter. Aber vorher sind Sie bitte so nett und reichen mir den Pfeffer rüber, ja? Mit Brille, sagt sie, mit Brille würde das alles nicht passieren. Alle diese Inkorrektheiten. Mit Brille ist man eine gemachte Frau. Blödsinn, sag ich, erzähl ihr was von Gehirnjogging und inspirierenden Schachpartien, während ich weiter stoisch meine pfefferlose Soljanka in mich reinschaufel. *Mit einem Schubs bringt er die aufgeknüpfte Maria erneut zum Schaukeln.* Eine Million, sagt sie, eine Million Dollar hast du ausgeschlagen, du Dummkopf! Erzähl mir nichts vom Pferd, ich hab es gelesen im Herold. Halb Russland lacht sich schlapp. Während deine bemitleidenswerte Mutter in diesem Drecksloch völlig brillenlos in Agonie fällt, denkst du nur an deinen verdammten Pfeffer, es ist eine Tragödie! Sie haben die Cowboys doch gesehen, sag ich, die … die Maßanzüge und diese unfassbaren Zahnreihen. Den Kerl von den Gaswerken würde man fristlos kündigen, wenn der so überheblich anklopfen würde, das steht mal fest. Der alten Matschoke aus dem Erdgeschoss, sagt Mutter, der haben sie immerhin die Piroggen in die Wohnung gebracht, falsche Zähne hin oder her. Die hat jetzt eine Brille, die Matschoke, die macht neuerdings auf feine Dame. Der ist auch gleich der beißende Geruch im Fahrradkeller in die Nase gestiegen, du hast doch damit hoffentlich nichts am Hut, Grigori? Ein bisschen sonderbar finde ich es in der Tat, dass die Spulen mit dem Kupferdraht und die Autobatterien ausgerechnet neben dem Sauerampfer überwintern müssen. Was sind das überhaupt für seltsame Aufkleber auf diesen Kanistern? Lauter Bilder mit Totenköpfen und verätzten Händen. Die alte Matschoke hat erzählt, dass die Nachbarn neulich im Kompost der Datschensiedlung ein Gräberfeld mit verstümmelten und angekokelten Hunde und Katzen ausgebuddelt haben, einfach nur widerlich. Du kannst mir sicherlich nichts Genaueres darüber erzählen, mein Junge? Der Matschoke waren die streunenden Viecher schon lange ein Dorn im Auge, sag ich, mit Tieren ist die nie richtig warm geworden. Warum reiben Sie mir eigentlich andauernd den Sternanis unter die Nase? Leide ich etwa an einer Unterversorgung mit Lebkuchengewürz? Wie der Alte, sagt Mutter, wie dein feiner Herr Vater. Nur ohne Klarinette. Von mir hast du diese Empfindsamkeit jedenfalls nicht, aus so einem Holz ist ein richtiger Perelman nicht geschnitzt …

Gedämpftes Klingeln eines Telefons. Er überlegt außergewöhnlich lange, ob er hingehen soll, stülpt sich unterdessen die abgelegte Socke über den Hinkefuß. Springt dann auf und begibt sich wie auf Kommando auf einem Slalomparcours, der durch die kindshohen Schachfiguren und den Requisiten-Unrat vermüllt ist und in dem er sich in den Kordeln des Fallschirms verheddert.

Bäuchlings hingeschlagen gräbt er sich indes zielsicher durch die aufbauschende Ballonseide, unter der er das Telefon vermutet, auch weil es nun heller und lauter erklingt, je näher er ihm kommt. Hält sich schließlich erleichtert, aber keuchend den Hörer eines sehr alten Bakelit-Telefons mit einer speckigen Schnur ans Ohr.

… Ja? …

Pause. Kaum überrascht.

… Ach Sie sind es. Das hätte ich mir beinahe denken können. Keine Katastrophen ohne göttlichen Einwand. Die alte Schule, was meinen Sie? *Lauscht in den Hörer.* Mmh. *Lauscht.* Nein, aufschieben lässt sich jetzt nichts mehr, völlig ausgeschlossen! So ein Massaker ist das Resultat monatelanger Planung, wir sind hier nicht beim Kirmesboxen, das verlangt nach einer bestimmten Ordnung und gehorcht einer … einer gewissen Choreografie. Aber was erzähle ich Ihnen, Sie kennen das ja aus eigener Anschauung. Auch wenn ich Ihnen jetzt den Vorwurf machen muss, dass sieben Tage für eine so große Sache in der Rückschau reichlich verwegen erscheinen, das ist doch kein Witz, so eine Schöpfungsgeschichte, die macht man nicht eben mit links … *Wird unterbrochen. Lauscht in den Hörer, den er sich zwischenzeitlich entgeistert und demonstrativ vom Ohr weghält, weil die Gegenseite offensichtlich zum Brüllen übergegangen ist.* Okay, ich habe verstanden. Sie müssen nicht die Contenance verlieren. Ich verstehe Sie ausgezeichnet, auch wenn uns im wahrsten Sinne des Wortes Lichtjahre trennen. Zukünftig werde ich nachsichtiger sein, einverstanden? In Zeiten von Pest und Cholera kämpfte man schließlich noch mit Schwertern. Arme wurden abgehackt, Bäuche aufgeschlitzt, die Wundversorgung lag im Argen, die Opfer verreckten schreiend in Seen von Blut … *Wird erneut unterbrochen. Legt nach kurzer Pause massiv Widerspruch ein.* Ganz schlecht. Ganz schlechter Vorschlag. Warum sollte ich Frauen und Kinder verschonen? Dort, wo ich herkomme, nimmt man die Emanzipation ziemlich ernst. Großer Gott, ich will Ihnen wahrlich kein gestriges Weltbild, noch Sexismus unterstellen. Aber die Weiber sind nicht ein Leben lang für die Gleichstellung in Beruf und Gesellschaft auf die Barrikaden gestiegen, wenn sie sich ausgerechnet beim kollektiven Sterben wieder hinten anstellen müssen, ich kenne keine Frau, die das will, kennen Sie eine? *Hört sich erleichtert die Antwort an.* Da sehen Sie es. Toleranz ist natürlich ein Wesensmerkmal moderner Gesellschaften, der Widersprüche heraufbeschwört. Die Familienministerin hat gerade den Sexismus abgeschafft, wussten Sie das? Von jetzt auf gleich. Per Gesetz. Zack! Weg! Da staunt Ihr Verein nicht schlecht, was? Wird auch Zeit, dass diese Castingshows von Obszönitäten befreit werden. Demnächst sind die Schaufenster von H&M dran. Diese impertinenten Schaufensterpuppen. Verstörende Zwitterwesen aus Laboren der Unterwelt. Überlegt. Kommt die nicht aus dem Osten, diese … diese Familienministerin? Frankfurt, habe ich mal gelesen, das an der Oder. Muss ein finsterer Ort sein. So ganz ohne reformatorisches Fundament. Schon Luther soll sich in der brandenburgischen Auenlandschaft verlaufen haben. Deshalb auch kein Karneval. Aus Rache soll sich der von Kleist in seinen Stücken gehörig ausgetobt haben. Das muss man als Notwehr verstanden wissen. Als pure Selbstbehauptung. *Lauscht in den Hörer. Ergriffen.* Maria war anders. Da sagen sie etwas Wahres. Schön und anders. Ein bisschen wie die Familienministerin. Blond. Jungfrauengeburt. Dem Äußeren nach gab es kaum etwas zu bemäkeln, doch tief drinnen sah es anders aus. Am Ende war auch sie nicht mehr zu retten, zu viel altes Denken, der Kopf voller Scheiße. Der Präsident war der gleichen Meinung. Der Präsident vor dem Präsidenten übrigens auch. Das war selten der Fall. Nur einmal in meiner Erinnerung. In der Krimfrage. *Geht rüber zu Maria, schaut an ihr hoch, das Spiralkabel spannt sich eindrucksvoll.* Klack. Genickbruch. Der Tod kam so schnell, dass sie nicht mal mehr Kot und Urin absetzen konnte. *Wischt wie zur Kontrolle mit der Hand über den Boden unter der Erhängten.* Aber es tut mir natürlich unendlich leid, das ist sicher das, was Sie hören wollen, nicht wahr? Glauben Sie bitte nicht, dass ich Ihr Ersuchen um Verschonung leichtfertig in den Wind schlage. Im Falle der Kinder habe ich mit mir gerungen, das müssen Sie mir glauben. Sie bitten mich zudem respektvoll um Gnade, was Ihnen hoch anzurechnen ist. Doch ist der Ruf, den Sie zu verlieren haben, geringer zu taxieren als der meinige? Es regiert nicht nur die Reinheit des Glaubens, mein strenger Levitenleser, es existiert auch die Schönheit des Weltuntergangs. Wahrheit ist das Destillat allen Unglaubens. *Wird jäh unterbrochen. Nachsichtig.* Werden ... werden Sie ruhig ausfällig. Ich wäre bitter enttäuscht, wenn Sie mir beipflichten würden. Hören Sie, wagen wir stattdessen ein Experiment, das Sie besänftigen möge. Eigentlich ist es nur eine lächerliche Bitte, ein klitzekleiner Gefallen, den Sie mir unmöglich ausschlagen können ... Sehen Sie, es geht auch schon wieder mit dem Atmen. *Atmet tief ein und aus.* Jetzt müssten Sie allerdings kurz rüber ans Fenster und hinausschauen. Sind Sie schon dort? Nein? Dann gehen Sie. Ich warte. *Pause. Hört.* Gut. Sagen Sie mir jetzt bitte, welches Wetter wir haben. *Kurze Pause. Erleichtert.* Sonnenschein.

Ein prächtiger Tag also, kein Tag zum Sterben, darin sind wir uns einig. Doch wer, frage ich Sie, wird sich eines fernen Tages noch daran erinnern, dass an einem Tage der Finsternis die Äcker gülden erstrahlten? Dass nicht der hellste Sonnenstrahl zwei Tatendurstige davon abbringen konnte, Geschichte zu schreiben, davon wird sich morgen oder in einem Monat lautmalend berichten lassen. Aber in einhundert Jahren? Den Anmut des Guten spült der Regen wie Fliegenschiss vom Antlitz des Untergangs. Der Prunk der Bannerträger, die bunten Flaggen, die glänzenden Rüstungen der Ritter, die in die Schlacht reiten und die Erde erbeben lassen unter den Hufen der Pferde. Damit wollten Sie nie etwas zu tun haben, weshalb Sie den vertanen Chancen während ihrer Kreuzzüge jetzt nicht nachtrauern dürfen. Sie haben das Drama nicht ausgehalten, das muss Ihnen mal gesagt werden! Diesen nur scheinbaren Widerspruch von Ästhetik und Gemetzel ... *Wird unterbrochen.* Wenn ... wenn Sie jetzt nachträglich alles bedauern, dann machen Sie es nur schlimmer, hören Sie? Ein Mann des Glaubens muss sich auch fortreißen lassen, gebannt Geschichten lauschen über Krieg und Verderb. Gütiger Gott, warum wird Homers „Ilias" noch immer gelesen? Achilles hatte die Wahl zwischen einem langen und konventionellen Leben, nach dem er vergessen werden würde, und einem kurzen als Kriegsheld, der in der Schlacht fällt und Unsterblichkeit erlangt im Gedenken der Nachwelt. Er entschied sich für Letzteres, ich muss Ihnen das nicht verklickern, Sie waren schließlich dabei. Es ist der gleiche Reiz, den die jungen Männer erliegen, die in den heiligen Krieg ziehen, nicht wahr? Sagen Sie jetzt nichts. Überlegen Sie nicht zu lange. Legen Sie einfach den Hörer auf, wenn ich recht habe. Dass Gott Sie schützen möge, kann ich wohl kaum sagen …

Legt den Hörer auf. Zieht konzentriert eine Schachfigur auf ein anderes Feld. Hängt dem Zug eine Weile in Gedanken nach.

… Sergej ist völlig fertig. Man hört die Stresshormone durch die Telegrafenleitung rauschen. Die sind ziemlich am Ende, sagt er, rutschen übermütig auf ihren Klappstühlen hin und her und erzählen sich Judenwitze. Wann lasst ihr Jungs es denn nun endlich krachen, fragt mich so eine Operntusse mit slawischem Akzent im Rang und versucht unter der Lichtschranke hindurch Limbo zu tanzen. Sie müssen sich noch ein Weilchen gedulden, gnädige Frau, säusle ich. Sehen Sie den Sprengstoffgürtel, den man Ihnen um den Bauch geschnallt hat? Hexogen und Nitropenta werden dort sehr bald schon eine ziemlich heiße Ehe vollziehen. Sie wollen sicher nicht, dass das explosive Finale ohne Sie über die Bühne geht? Als Frau ohne Unterleib wären sie eine glatte Fehlbesetzung, das können Sie nicht wirklich wollen, so eine schöne Dame? Sergej, sag ich, du machst das großartig. Ich würde dich küssen, wenn du hier wärst. Lasse sie noch ein bisschen am Semtex lutschen. Spiel einfach auf Zeit, irgendwelche faulen Ausreden werden dir doch einfallen? Defekte Sprinkleranlage. So etwas in der Art. Kannst du dich noch an den verrückten Intendanten in diesem Musicaltheater erinnern? Der Hauptdarsteller liegt mit Herzinfarkt in der Garderobe und … und dieser Knilch erzählt was von einem Stromausfall, unfassbar! Sag mal, sagt Sergej, was war denn in der letzten Stunde los? Die Leitung war ständig besetzt, ich hab mir schon Sorgen gemacht. Gott war dran, sag ich. Er bat um Gnade und versprach Erlösung. Die alte Leier, prustet Sergej, seit zweitausend Jahren geht das nun so. Dieser verfluchte Gott, der hätte es in meinem Seminar als Leugner der Naturwissenschaften nicht mal bis ins Hauptstudium geschafft. Du hast dich doch nicht erweichen lassen, Grigori? Wo denkst du hin?, sag ich, aber rhetorisch ist dieser Herr Gott nicht von schlechten Eltern. Wenn der mit seinen Weisheiten die Muskeln spielen lässt, gibt es wenig Spielräume, ihm den Glauben zu verweigern, diesem gewieften Zocker. So funktioniert das Geschäft mit der Angst, sagt Sergej, die größten Monster unter den Menschen hatten diesen Trick drauf. Frag mal Attila, Dschingis Khan oder Hitler. Hitler, sag ich, hast du Hitler gesagt? Er liebte Hunde, sagt Sergej, er war gut zu Hunden, so viel wollen wir ihm zugestehen. Wenn wir ihm das absprechen, stellen wir uns auf die gleiche Stufe wie er. Was lässt sich über deinen Gott sagen, Grigori? Dass er der Bevölkerungsexplosion das Wort redet? Oder seinen Stellvertreter auf Erden über Schwule herziehen lässt? …

Grigori wirkt müde. Die Auseinandersetzung mit Gott hat ihn erschöpft, weshalb er leise und gedankenversunken weiterredet.

… Mutters Stimme ist genaugenommen nicht laut. Nicht wie allgemein behauptet. Sie kann damit nur gehörig ihre Umwelt atomisieren, das schon. Alle anderen Stimmen wirken auf wundersame Weise neutralisiert, bleiben unsichtbar wie Tarnkappenbomber auf dem Radar. Vater sieht immer so aus, als bewege er zu seinem schreienden Wehklagen bloß tonlos die Lippen … okay, es ist kein wirkliches Schreien, aber ein Akt von Notwehr in Zimmerlautstärke ist es ganz bestimmt! Mutter, sag ich, Sie müssen Vater genug Luft zum Atemholen lassen, sonst erstickt er uns jämmerlich, noch ehe er die Wasseroberfläche erreicht. Doch Mutter drückt nur umso unbarmherziger ihre Schallwellen gegen die seinen. Wer sensibel genug ist, sieht die deformierten Töne in der Luft förmlich tanzen und die Amplituden gegeneinander die Klingen kreuzen. Longitudinalwellen, so weit das Auge reicht! Es gibt auch eine physikalische Formel für dieses Spektakel, die mir gerade nicht einfallen will, weil mich das Mitleid mit Vater an den Eiern gepackt hat. Unglückseliger Vater, denk ich, warum bringst du nicht wenigstens im Angesicht des Hinübertretens die Courage auf, einen Rest von Selbstachtung zu wahren. Ein Seil, das diesem ausgemergelten Körper genug Reißfestigkeit entgegensetzt, wird sich leicht auftreiben lassen. Komm, ich helfe dir suchen! Du könntest sogar noch einmal den „Klarinettenmuckl" spielen, den du so anbetest. Nur Mut! Im Kopf ist das längst beschlossen, mach dir nichts vor, in diesem kleinen Vogelköpfchen, das wie aufgeschraubt wirkt auf einem spillerigen Leib. Ein verwaister Gedankenschlund bestenfalls noch, berufen, um fauliges Essen durchzuwinken und manch trübe Gedanken, die auch. Sag, gibt es einen Hinweis, dass irgendwo in dieser menschenunwürdigen Hülle noch ein Widerstand glimmt, der aufbegehren könnte gegen die Demütigungen dieser Frau? …

Er schlendert vor an den Bühnenrand, zündet sich eine
Zigarette an.

… Sie kommen am Morgen und sie sind zu dritt.
Blasse Amerikaner in feinem Zwirn und mit schwarzen Cowboystiefeln. Einer wischt sich angewidert die
Katzenkacke von den Sohlen, dazu wippt die Zigarette im Mundwinkel. Während der Abgebrühteste
des Trios mit konspirativer Miene ums Haus schnürt,
seine Verbrechervisage an die Fenster hält und fragt,
ob jemand da sei, parkt der Jüngste im Bunde ge-
langweilt seinen Arsch auf dem Kotflügel der Flos-
sen-Limousine und blinzelt in die Sonne. Was ist,
sagt Mutter, willst du nicht wenigstens an die Tür gehen und aufmachen? Seien Sie bitte still, sag ich leise, nur dieses eine Mal, okay? Natürlich reißt sie sich
los, aber ich krieg sie zu fassen, im Schwitzkasten,
zerre sie ins Bad hinter den Duschvorhang. Schat-
tenhaft erkennt man den Kerl an der Limousine jetzt
bedeutungsschwanger mit einen Umschlag wedeln,
dazu blitzen falsche Zähne mit einer echten Ray-Ban
um die Wette. Sehen Sie nur, sag ich zu Mutter, das
ist die Masche, mit der sie uns ködern wollen, der
alte Al-Capone-Trick. Transpirieren Dummheit aus
jeder Pore und geben sich nicht mal Mühe, es zu
kaschieren. Aber das hier ist russischer Boden! Die

halten Tschechow wahrscheinlich für eine Zigarettenmarke und Glinka für einen Basketballspieler, so stolz kann doch niemand auf seine Blödheit sein. Sogar ihr billiges Patschuli kann man bis nach hier drinnen riechen, das müssen Sie doch auch riechen, Mutter, sag ich, aber dann … dann wundere mich ein wenig, dass sie keine Antwort gibt. Mutter, die neun Kinder großgezogen und die mächtige Pranke des russischen Bären mehrmals ausgeschlagen hat, ist seltsam schweigsam geworden. Nur ein leises Röcheln dringt durch meine rechte Hand hindurch, die ihren Mund und ihre Nase noch immer fest umschlossen hält. Ein gewaltsamer Automatismus, um unentdeckt zu bleiben, vielleicht am Anfang, der nun freilich in dem wohligen Grusel aufzugehen scheint, ihr für alle Zeit den Hahn abzudrehen. Weder Reue noch die mangelnde Lust am Töten sind es, die mich minder lustvoll zupacken lassen, nur die Ahnung von der Leere nach enthemmter Skrupellosigkeit bewahrt mich davor, dieser Drecksau endgültig das Maul zu stopfen. Ewig sabbernde Gosch! Zwischen meinen kräftigen Fingern quillt bereits der Schaumteppich hindurch, doch die zerplatzenden Luftbläschen machen ganz kicherig und rauben mir jeglichen Eifer. Glückliche Mutter, einmal mehr. In jeder trostlosen Niederkunft stets nur eine weitere Chance gewittert, erneut zügig schwanger zu werden

…

*Er wirft sich auf den Boden, zeichnet kniend mit Krei-
de beim Weiterreden die Umrisse eines seitlich liegenden
Körpers nach.*

… Du bist nicht bei Verstand, sagt sie. Langsam be-
ruhigt sich ihr Atem und ein gesundes Rot kehrt ins
Gesicht zurück. Du hättest das noch ein Weilchen
durchgehalten, was? Hättest es als Rechtfertigung
empfunden, wenn deiner armen Mutter vor lauter
Sauerstoffmangel die Beine weggesackt wären? Was
bist du nur für ein Mensch? Das Privileg des Erst-
geborenen gibt dir jedenfalls nicht das Recht, deinen bedauernswerten Vater zu rächen, sagt sie. Die
Schuhe sind dir ein paar Nummern zu groß, mein
Junge …

*Er legt sich mit schlängelnden Bewegungen inmitten
der Kreideskizze ab. Wälzt sich in ihr aber so gravitä-
tisch, dass bereits einige Konturen verwischen.*

… Warum hast du das Geld nicht genommen?, sagt
Sergej. Das Geld, diese Medaille und irgendwelche
albernen Ehrendoktorhüte, die sie einem in Kansas
oder im Land of Milk and Honey aufsetzen. Augen zu und durch, kapierst du? Ein Satz neue Zäh-

ne für deine Mutter wäre leicht drin gewesen, ach was erzähl ich: Ein Platz im Altersheim! Schau dir diesen Gorbatschow an, den haben sie mit Lametta eingedeckt wie einen Faschingsprinzen, der konnte am Schluss vor lauter Geschmeide kaum noch laufen. Die eigene Bevölkerung ist dem vor der Nase weggehungert, aber du wirst jetzt nicht behaupten, dass der vor lauter Selbstzweifel keinen Schlaf mehr findet, oder? So bin ich nicht, sag ich, bin daheim in der Welt der Zahlen, aber fremd im Kosmos der Menschheit. Okay, das mit den Zähnen tut mir leid, aber du hättest sie sehen müssen, mit ihren antrainierten Ostküstenmanieren und dieser gespielten Mafiaeleganz. Nur widerlich! Kein Mensch hätte denen einen gebrauchten Traktor abgekauft, kein normaler jedenfalls. Der mit der Katzenkacke an der Hacke hatte schon alles für die Unterschrift vorbereitet und schiebt den Vertrag durch den Türspalt hindurch. *Macht es nach, auf den Knien rutschend.* Hier, sagt er, hier müssen Sie unterschreiben. Sehen Sie, es ist ganz einfach. Dort, wo ich meinen Finger draufhalte. Nein! Hier! Warten Sie, ich zieh meine Hand ein Stückchen zurück, okay? So ist es besser, aber das sehen Sie ja. Sie unterschreiben und wir kümmern uns um den Rest. So läuft das bei uns jenseits des großen Teichs, verstehen Sie? Big Deal. Haben Sie das verstanden? Sergej, sag ich, schau mich bitte nicht so an! Ich weiß, was jetzt kommt. Dass wir manchmal über unseren Schatten springen müssen. Das willst du doch sagen? Aber das müssen wir nicht. Kein Geld und Ruhm der Welt verpflichtet uns dazu, tagein, tagaus mit solchen Leuten zu kooperieren, auch wenn ich die Aussicht auf neue Zähne verlockend fand, das musst du mir glauben. Gott, der hat vielleicht gestunken, der Kerl! Du bist ein Idiot, sagt Sergej, du hast keinen Job, wohnst mit deiner Mutter in der Walachei und hast nicht gerade im Vorbeigehen ein mathematisches Jahrhundertproblem gelöst. Das ist nicht unerheblich. Ich kenne Typen, die aus niederen Beweggründen schwach werden, Typen, die nicht bis zum Hals in der Scheiße stecken. Weißt du, was in den westlichen Zeitungen über dich steht? Wie kann einer so genial und gleichzeitig so blöd sein, das steht dort schwarz auf weiß, soll ich es dir zeigen? …

Mit spastisch anmutenden Verrenkungen, in einer Art von Fieberwahn, windet er sich unrhythmisch über die Kreideskizze, deren Umrisse nur noch schemenhaft zu erkennen sind. Dann schreckt er plötzlich hoch, wie aus einem Alptraum erwacht.

… Mutter? …

Er wartet. Brüllt.

… Mutter? …

Pause. Auf den Knien.

… Sergej sagt, drüben betrachtet man mich wie einen aus dem Zirkus entlaufenen Schneemenschen. Jeden Tag riefen sie an. Mutter, Sie gehen doch nicht ans Telefon? Auch an seine Haustüre würde geklopft. Mutter, Sie lassen hoffentlich niemanden hinein? Gestern haben mir zwei Fernsehschlampen aufgelauert. Grigori, warum sind wir nicht würdig, Sie kennenzulernen?, haben sie gefragt und dabei meine Fingernägel gemustert, die sich in der Plastiktüte verkrallt haben, in der ich immer das Kaninchenstreu mitbringe. Bis zu dem Kiosk waren sie mir auf den Fersen. Der Kiosk, an dem ich der usbekischen Verkäuferin wegen so gerne haltmache. Anschließend muss mich freilich der nasse Asphalt der Straßen von Kuptschino verschluckt zu haben. Wenn die ausgebeulte Rückenfalte meines grauen Sakkos eins geworden ist mit dem Beton des hässlichsten Stadtteils von Sankt Petersburg, dann werde ich unsichtbar. Als wäre ich mein eigener Geist. Es macht ihnen doch nichts aus, hier zu wohnen, Mutter? …

Steht auf. Geht auf eine Kamera zu.

… Grigori, du hast mir wehgetan, sagt Mutter. Hier am Hals, die Würgemale. *Er hält seinen Hals in die Kamera, zeigt darauf.* Diesmal dachte ich, es könnte eng werden. Die Luft ist mir weggeblieben, so blümerant ist mir geworden hier oben im Stübchen. *Streicht sich über den Kopf.* So hab ich dich noch nie erlebt, Himmelherrgott noch mal, welche Kräfte du entfesseln kannst. Am Schlimmsten aber sind die seelischen Verletzungen, *hält die nackte Brust vor die Kamera, tippt sich vors Herz* die heilen nimmermehr zu. Ist dir eigentlich klar, was du da aufreißt? Du magst die Menschen nicht, das muss mal gesagt werden, mein Junge. Du verabscheust deinesgleichen. Glaubst, Rache nehmen zu müssen, indem du anderen was vorenthältst. Glück. Wärme. Menschliche Zuneigung. Solche Dinge. Was bist du nur für ein fürchterliches Kind! Keine Mutter wird von ihren Kindern gesiezt, ich kenne keine, die das verdient hat. Keine. Frau Mutter hier, Frau Mutter da. Da verreckt man doch …

Er holt ein Teppichmesser. Versucht damit den Strick, an dem Maria baumelt, durchzuschneiden, was nicht gelingt, weil er auf den Schaukelsitz steigen muss, auf dem er kaum Halt findet und hin und her schwingt.

48

Bricht ab. Findet nach einem anstrengenden Balance-
akt aber eine leidlich entspannte Position, um von dem
wackeligen Konstrukt herunter reden zu können.

... In den Achtzigern bin ich gestorben, sagt Sergej.
Einundachtzig. Wir Überlebenden hatten keine Kraft
ein Loch zu graben und die Gefallenen zu verscharren. Da waren Berge von Leichen, ganz Afghanistan
sah aus, wie von Pockennarben übersät. Da kam ein
Mann, der seinen toten Kameraden in den Armen
hielt, der war vielleicht sechzehn, und jetzt schmiss
er ihn einfach auf den Haufen zu den anderen. Er
erzählte davon, wie der Junge gestorben war. Wie er
sich die Eingeweide zurück in die Bauchdecke schob
und dabei nach seiner Mutter schrie. Wie aus dem
Schreien ein Wimmern wurde und aus dem Wimmern ein Flüstern. Der Mann erzählte vom Sterben
wie von einem Fußballspiel, und in diesem Moment
begriff ich, dass die größte Stärke unserer Intelligenz
die Fähigkeit ist, uns jeder Situation anzupassen. Es
war dieser Moment, in dem ich selbst begann zu
sterben. Daheim in Sankt Petersburg ejakulierte ich
Blut statt Sperma. Geh zum Arzt, sagt meine Frau,
und schau dich mal im Spiegel an, meine Fresse. Ich
denke erst an Infektionen, die kann man sich ja ho-
len bei diesen verlausten Teppichhändlern. Was habe
ich, frag ich den Arzt, meine Prostata ist wohl hin-

über, was? Die ist völlig gesund, sagt der Arzt, die Infektionen kommen von ihnen selbst. Sie werden von ihrem eigenen Körper angegriffen. Was bedeutet das?, frag ich. Sergej, sagt der Arzt, Sie gehören zu den klügsten Mathematikern unseres Landes, deshalb will ich ihnen reinen Wein einschenken. Aber das bedeutet, dass Sie sterben werden. Sie haben so viel Tod gesehen, dass ihr Körper sich daran gewöhnt hat. Sie müssen aufhören damit. Denken Sie an etwas anderes, ihre Studenten küssen ihnen die Füße. Sonst sind Sie in kurzer Zeit tot. Verdammt viele Unbekannte in einer Gleichung, denk ich, zermartere mir mein kleines Rechenhirn über Bernoulli, Gauß und Kuratowski, und beschließe, glücklich zu werden. Meine Frau liebt mich. Mich und mein leeres Leben, das mir nur deshalb nicht leer vorkommt, weil die Liebe alles überschwemmt, selbst jegliche Leere. Mehr und mehr bekomme ich aber Gewissheit, dass uns Menschen ein großer Denkfehler unterlaufen ist. Da wird uns Kindern erklärt, dass wir einander lieben sollen, aber später stellen wir dann Regeln für ein Gemeinwesen auf, das nicht funktionieren wird. Sokrates, Platon, diese griechischen Klugscheißer … *Verärgert, ungehalten. Kann gerade noch den Sturz von der Schaukel vermeiden.* Was ist Grigori, du hörst mir nicht zu! Langweilt dich mein Schicksal? Muss immerzu an den Mann ohne Ge-

sicht denken, sag ich, wie der unaufhörlich empor-
wächst am Ende dieses Lavastroms aus Zweifeln und
Unsicherheit. Ein Gesicht, das als solches nicht zu
erkennen ist, weil es nicht einmal lachen kann und
auch sonst keine Miene verzieht. Gepäppelt von einem fremdartigen Organismus, der Wachstum und
Stoffwechsel unserer Unvollkommenheit verdankt.
Ein Hirngespinst, sagt Sergej, nichts weiter als die
fixe Idee des kranken Geistes. Reformation und
Aufklärung gebären die wirklichen Monster. Volker
Kauder. Katrin Göring-Eckardt. Hennarote Pasto-
rengattinnen mit unaussprechlichen Doppelnamen
und entsetzlichen Brillen. Grigori, ich bitte dich, du
willst mit denen doch nicht etwa gemeinsame Sache
machen? Was sind das denn für Missbildungen, die
sich groteskerweise dem Staat anbiedern? Ich glaube
inzwischen, dass es ein Fehler ist, bei jedem Flücht-
linge-Willkommen-Event diesen Aristoteles beispiel-
haft anzuführen. Das wirkt doch wie Geiselhaft für
einen, der sich seit zweieinhalb Jahrtausenden nicht
wehren kann, der gehört längst in ein Zeugenschutz-
programm, die arme Socke. Ich glaube, unsere wahre
Bestimmung ist es, dass wir uns bis an die Zähne
bewaffnen. Und dass wir uns gegenseitig massakrie-
ren bis an das Ende unserer Tage. Habe ich deine
Gewissensbisse zerstreut, Grigori? Was ist, Grigori?
Denk nicht nach! Auf zu den Waffen! …

Macht sich erneut unfachmännisch mit dem Messer an Marias Galgenstrick zu schaffen. Rutscht aus und schneidet sich in die Hand. Schreit kurz auf, macht aber tapfer weiter.

… Schneid ihn ab, schreit Mutter. Ich also hoch, pack den Vater, rieche die Pisse, die seine Hose durchnässt hat, und lege ihn in die Pfütze direkt unterm Strick. *Greift Maria in den Schritt, um eine Einnässung auszuschließen.* Nehm einen aus Kiefer, schreit Mutter von unten herauf, der verrottet schneller und ist billiger. Ein Sarg aus Eiche passt nicht zu einem wie den, aus so einem harten Holz war der nicht geschnitzt. Und denk an die aufgearbeitete Putte, wenn du schon beim Schreiner bist. So eine Putte bringt Wärme ins Haus und in die Herzen sowieso …

Maria plumpst zu Boden. Er setzt sich auf die Schaukel. Schaukelt.

… Eine Nagelbombe mit Fernzünder setzt immer noch Maßstäbe. Saubere Detonationen in Einkaufszentren. Woammmm! Kontrollierte Sprengung. Nicht so eine diffuse Salafisten-Brause aus dem Baumarkt oder von der Tanke. Schnell rein, schnell raus, die alte Guerillataktik. Das ist die Kunst. Darum geht es, um die Ästhetik des Anschlags. *Wehmütig.* Schon beeindruckend, wenn am Ende alle wie Zombies mit heiligem Ernst durch die Ruinen wandeln, mit leerem Blick und toten Augen. Augen, die aus Staubmasken stieren. Kohlegrubenaugen. Gedankenverloren, schrieb ein Journalist. Aber das stimmt nicht. Da ist kein Gedanke, da ist nur Leere, und ein Rest Erhabenheit, der in dieser Leere zu keimen scheint. Nenn es die Geburt des neuen Menschen, Sergej, wenn zerfetzte Trommelfelle in blutenden Ohren die äußeren Zeichen der Läuterung markieren. Nenn es den Anfang von allem, Katharsis und Sündenfall zugleich. Ihr Schweigen und die vollkommene Unschuld machen diese Leute unangreifbar. Wer sind schon diese selbsternannten Selbstmordattentäter, die mit gesprengten Schulbussen ganze Stadtviertel pulverisieren? Nichts als Staub und Trümmer, kein Wimmern und Wehklagen weit und breit. Was denken sich diese Barbaren eigentlich, wie das im Fernsehen rüberkommt? So ganz ohne menschliche … *überlegt* Überreste …

Runter von der Schaukel. Er stupst Maria mit der Fußspitze so zurecht, dass sie aus einer unnatürlich verdrehten Haltung heraus nun halbwegs entspannt zum Liegen kommt.

… Lange kann ich sie nicht mehr kontrollieren, brüllt Sergej, die halten alles hier für die verdammte Dschungelshow eines Privatsenders. Mach Selfies, sag ich, halt mit dem Smartphone einfach auf alles, was bei drei nicht auf den Bäumen ist. Das Star-System lebt von der Erniedrigung, das wird sie zur Vernunft bringen. Kannst du dich noch an diesen irren Norweger erinnern? Er erzählte jeden, den er abknallte, sein Tod diene einem höheren Ziel. Die Trivialisierung des Ruhms unter Verächtlichmachung des Opfers im Augenblick seines Todes, das haben nicht mal die Tschetschenen auf die Reihe gekriegt. *Zu Maria.* Weißt du, wie die Tschetschenen ihre Kalaschnikows nennen? Anna, Ekaterina und Vitalia nennen sie die. So heißen russische Tennisspielerinnen … die blonden jedenfalls. Wenn die etwa einer … also einer Schwangeren den Fötus aus der Gebärmutter schneiden, dann kann man sich das alles hinterher auf YouTube anschauen. Okay, das ist jetzt nicht gerade State of the Art, aber ein Herz haben sie immerhin, diese Tschetschenen, das muss man ihnen lassen. Die wissen offenkundig noch, was sie den Nachgeborenen schuldig sind …

Wandert, befeuert von den eigenen Worten, auf und ab.

… Eine Million Follower in vierundzwanzig Stunden, dreihunderttausend Likes an einem Abend. Ich poste, also bin ich. Sergej hält das für plumpen Zynismus. *Amüsiert und nachsichtig.* Der alte Mann. Aber warum sollte der Rest der Welt keinen Anspruch auf hochauflösende Aufnahmen von krepierenden Versehrten und faulenden Gliedmaßen haben? In postfaktischen Zeiten ist die Bestie Mensch reinweg nicht mehr zu domestizieren, wer würde da widersprechen? *Nachdrücklich.* Verlangt nicht gerade deshalb die Rückkehr zur Barbarei eine gegenläufige Medienpräsenz auf Höhe des technisch Machbaren? Dieser Breivik soll ja eine von diesen modernen Apps gehabt haben. Herzfrequenz. Körpertemperatur. Schweißentwicklung. Hormonausschüttung. Alles in dem Augenblick, als ihm die Hirne dieser jungen Kommunistenschweine um die Ohren geflogen sind. Die Jungs von der CIA werden sich beim Auslesen des Speicherchips sicher einen gewichst haben. Wer weiß, vielleicht haben die auch die Legende von der russischen Weltverschwörung im Internet gestrickt, zuzutrauen wäre es ihnen. Seit Kissinger und dem Chile-Putsch bin ich skeptisch. Dem Ami begegnet man besser wachsam. *Kurze Pause. Dann im Brustton der Überzeugung.* Das Röcheln der jungen Mutter in Dolby-Surround ist einfach herrlich. Wenn die an den Infekten ihrer faustgroßen Wunden verendet. Darunter sollten wir es nicht machen! Darunter verlieren wir an Würde in den Augen unserer Kinder. *Zu Maria, scharf auf sie einredend.* Kommen wir … kommen wir noch einmal zurück zu diesen Tschetschenen … vielmehr zu dem Fötus, dem sie der Frau kurz vorm Heimgang aus dem Leib schneiden. *Deutet auf Marias Bauch.* Willst du dem kleinen Kerl später etwa das Recht auf die lückenlose Rekonstruktion seiner Herkunft vorenthalten? Erhebt sich in dir jetzt nicht die Stimme einer potenziellen Mutter? Menschen interessieren sich nun mal für Menschen, selbst wenn es dafür kaum Gründe gibt. Was Aufrichtigeres als den Tod kann ich dir nicht bieten, Maria. Bilder geben Antworten auf Fragen. Das Bild hat das Wort im Angesicht des Wahnsinns ersetzt, Worte sind nur der moralische Ballast in einer Vorstellung von Wahrheit, speckige Folianten in einer manipulierten Wahrnehmung. Schau mich bitte nicht so fragend an, Maria! Menschen suchen unentwegt nach Antworten, weil sie die Endgültigkeit nicht ertragen. Frag mich nicht, warum …

Er packt Maria an den Haaren und schleift sie nach hinten zum Kassettenrekorder. Mit dem Panzerband umwickelt er sich nun derart grob unfachmännisch in Hüfthöhe mit der Gummipuppe, dass ein unförmiger Wulst aus Fixierband, zusammengerafftem Gummi und Overall ihn täppisch umherstolpern lässt und auch

dafür verantwortlich ist, dass er die Abspieltaste des Re-
korders erst beim dritten Anlauf trifft. Zu hören ist der
Song „Sleep Don't Weep". Das betont kontemplative
Lied von Damien Rice bietet Grigori die Gelegenheit,
minutenlang mit Maria in inniger Umarmung zu tan-
zen und den Kopf an ihre Wangen zu drücken. Als das
Musikstück nach einer gefühlten Ewigkeit jäh durch
eine Kakofonie von Fremdgeräusch beendet wird, wirkt
das ungleiche Paar in seiner Romanze so eingefroren
wie entzaubert. Aus dem Rekorder wummert ihm jetzt
die enthemmte Geräuschkulisse wie aus einem Bierzelt
entgegen, ein infernalischer Lärm von Partymusik und
Gegröle. Ein Tusch wird angestimmt. Während man
noch hört, wie Getränkekisten gestapelt werden und
Gläser zu Bruch gehen, schneidet sich Grigori bereits
angewidert aus der Umklammerung mit Maria heraus
und stößt die rabiat von sich. Danach drückt der die
Stopptaste, müht sich unter der neu eingekehrten Ruhe
aber noch, die Contenance wiederzuerlangen.

… *Um Fassung bemüht.* Ich mag das nicht hören.
Nicht diese … *Sucht das Wort.* Ausgelassenheit. Seit
der Reformation ist der Glaube die Showbühne hi-
naufgestiegen. Ganz steil. *Zeigt es mit einer an den*
Hitlergruß erinnernden Armbewegung an. Andacht
und Ergebenheit haben sich atomisiert, was ich natürlich bedauere. Dem Katholizismus ist immerhin

der Karneval geblieben, die Fastenzeit, die den Rest Mensch nach exzessiver Sünde in den Beichtstuhl zwingt. Das Freikaufen von Sündenstrafen, das aber hat Luther den Leuten ausgetrieben. Aber wo nur finde ich kleines Menschlein jetzt die Religion, wenn dem Glauben die Rituale, die bunten Heiligenbilder und prächtigen Gewänder genommen werden? Bin nicht geboren für das tägliche Hochamt im Privaten. So viel Disziplin und Selbstvertrauen bringe ich nicht auf. Zudem mag ich den Weihrauch, den mag ich wirklich sehr. Ich weiß, dass das altbacken klingt, aber die Erinnerung, die sitzt bei mir nicht hier droben. *Fasst sich an den Schädel.* Die brütet bei mir in der Nase. Der Mensch ist einfach nicht gemacht für den Unernst, nein, der Glaube findet zur wahren Größe erst in der Verordnung. In der Einhegung mit Stacheldraht, in Ketten gelegt letztlich. Keiner Kreatur sollte etwas zugemutet werden, was ihrer Natur widerstrebt. Die Freiheit etwa. Sie ist eine Zumutung, eine Erfindung der Moderne, die auf den Scheiterhaufen gehört! Unmenschlich ist noch zu vornehm formuliert. Jawoll! Womit wir beim Tier wären. Ein … ein Labrador etwa hat große Freunde am Apportieren. Man sieht ihn ständig irgendetwas in der Schnauze herumtragen. Geschossene Enten etwa, die er aus moorigen Tümpeln fischt. Würden wir dem Labrador die Freiheit schenken, dann würden wir ihm seiner Freude berauben. Der Mops wiederum ist anders. Genaugenommen ist das gar kein Hund, weil er sich so ziemlich allem verweigert, wonach ein Hund normalerweise strebt. Das macht ihn entbehrlich für unsereins. Nicht aber für Frauen. Für alte Frauen vielmehr. In Omas Schoß also frisst sich der Mops seiner degenerierten Bestimmung entgegen. Ein glubschäugiger Schnarchkopp mit trägem Darm und stotterndem Herzen …

Er stellt sich vor eine der Kameras, blickt hinein.

… Sergej, sag ich, du idealisierst das einfache Volk. Du huldigst ihm, aber tatsächlich verachtest du es. Schau auf meine Hände! *Zeigt sie in die Kamera.* Es sind Arbeiterhände. Schorfige Pranken mit Ölschmiere unter den Fingernägeln. Die haben nichts anderes gelernt, als zuzupacken. Nur in meinem Kopf sind Galilei und Keppler, sind Planeten und Chaos, dieser ganze Irrsinn, der einer weltlichen Ordnung zugeführt werden muss. Zeig deine Hände. *Er betrachtet seine Hände.* Da siehst du es. Es sind Hände, die gelernt haben, ein Stück Kreide über eine Tafel tanzen zu lassen. Professorenhände. Du bist nicht wie ich, das muss dir doch klar sein. Kein Umstürzler, ein Grübler gewiss. Einer, der nicht bereit ist, seine Überzeugungen dem konsensverliebten

Zeitgeist anzupassen. Eine gute Basis, das schon. *Skeptisch.* Aber reicht es, um als Frondeur den finalen Schlusshieb zu setzen? Sei bitte so nett und mach dich nicht über mich lustig. Du willst doch nicht, dass ich den Respekt vor dir verliere? …

Rückt von der Kamera ab, schlendert rüber zu dem Feld mit den Schachfiguren, die dem Geschehen bislang wacker getrotzt und im Bühnenchaos unumstößlich ihre Stellung gehalten haben.

… Mutter ist tot. Hirnschlag. Peng, aus. Gottlob hat sie ihren Krebs nicht mehr erlebt, sagt der Arzt, die Metastasen explodieren ja wie Hund, die Dynamit gefressen haben. Hunde fressen kein Dynamit, sag ich, und mit Gott hab ich keinen Vertrag. Dann gibt er mir die Hand, diese lappige Chirurgenhand, die zitternd Skalpelle dirigiert und nach der rasierten Pflaume der Narkoseschwester grapscht. Perelman, wie schreibt man das?, fragt er, wegen dem Totenschein. Ohne Doppel-Ell in der Mitte, sag ich, und hinten mit einem Enn. Alles einfach also. Sie können sich den Namen leicht merken, schlagen Sie in den nächsten Tagen nur einmal die Zeitungen auf …

Er wandert konzentriert inmitten der Schachfiguren umher. Prägt sich dabei die Stellung der Figuren ge-

nau ein, nur um dann seine schwarze Dame sehr nachdrücklich und in Erwartung eines baldigen Sieges in der unmittelbaren Nähe des weißen Königs zu platzieren.

… Schach! …

Um die vertrackte Spielsituation des Gegners herablassend zu taxieren, stolziert er in der Pose eines Feldherren nach außerhalb der Spielfläche. Aus der Art, wie er die großen Karos federnden Schrittes mehrmalig umkreist und am Ende die Fäuste triumphierend in den Himmel reckt, spricht Erleichterung.

… Matt! …

Ausgelassen hüpfend und in einem Anflug von Genugtuung streckt er den weißen König mit dem Fuß nieder und kickt die Figur mit kindlicher Freude vor sich her über die Bühne.

… Grigori, was soll das Gemetzel? *Er hält erschrocken inne. Starrt in alle Richtungen und an die Decke. Sucht schließlich Schutz an der nahen Wand, an der er sich wie ein gestelltes Kaninchen entlangschiebt.* Es ist die dreizehnte Partie. Spasski hat längst die Segel gestrichen. Du sollst ihn nicht zerstören. Wenn du ihn leiden sehen willst, darfst du ihm nicht der Hoffnung berauben, hast du kapiert? *Seine Hände möchten sich vor Angst in der Wand festkrallen, aber sein Verstand arbeitet bereits wieder organisiert.* Wer spricht da? *Gespanntes Warten.* Ich. Bobby. Bobby Fischer. Dein Bruder im Geiste. Wo steckst du, Bobby, sag ich, du müsstest doch tot sein? Ich bin in deiner Seele, sagt Bobby, spreche aus deinem Herzen und plappere dir nach dem Maul. Dass mit dem Tod ist eine vertrackte Sache, ich erkläre es dir später. Du willst mir aus dem Herzen sprechen, sag ich, woher willst du wissen, ob ich eines hab? Jeder hat eins, sagt Bobby, meines ist Zweiundsiebzig vereist. Reykjavik. Die Weltmeisterschaft. Spasski sollte verlieren. Die Geheimdienste hatten alles eingetütet. Im Gegenzug sollten Spione ausgetauscht und der Rubel gestützt werden. Natürlich hält sich Spasski an keine Abmachung, liegt Hals über Kopf zwei zu null in Führung. Die russische Schachmaschine kommt einfach nicht ins Stottern, das ist ein unsicherer Kantonist, das hab ich denen immer gesagt, einer, der sich an keine Regeln hält, außer an jene des Spiels. So einen erniedrigst du allenfalls, wenn die Welt jeden Tag einen Teil von dem absterben sieht. Ich wollte die Show, er hielt sich für den besseren Spieler. Beides war Blödsinn, aber natürlich genoss ich den Augenblick, als ich das Ego dieses Mannes zerstörte. Schach ist ein königliches Spiel, mein Junge. Doch der König kann im Sieg nur erstrahlen, wenn er die passende Geschichte zu seinem Triumph liefert. Das ist die Tragik der Macht. Du warst unser Held, sag ich, jung, exzentrisch und frei. Spasski hatten die Apparatschiks aus Moskau geimpft, dachten wir, spielten die Partien auf den Straßen zwischen den grauen Häuserblocks nach und verkrochen uns buchstäblich im Radio, wenn in Island die Entscheidung am Brett anstand. Nur die alte Matschoke wollte sich auf keinen Favoriten festlegen, weil sie nicht von hier ist, denk ich, ein ewig traumatisiertes Flüchtlingsschicksal, das sich aber urplötzlich mit den Feinheiten der Sizilianischen Eröffnung beschäftigte. Sag mal, unterbricht Bobby, was ist das eigentlich für eine lächerliche Kulisse, in der jetzt unsere alten Partien nachgespielt werden? Taugt das Stellvertreterduell zweier verfeindeter Systeme im Kalten Krieg neuerdings schon als Motto auf Kreuzfahrten? Schachnovelle, sag ich, der Zweig, der war ja ein Judd, ein Judd wie wir beide. Den Judd, den fährt man im Theater gerne auf, wenn der Terror der Nazis versinnbildlicht werden soll. Der aus der Gestapohaft entlassene Nervenkranke darf bei Zweig nicht gewinnen gegen den primitiven und zugleich arroganten Schachweltmeister. Als leidender Irre verliert er deshalb in durchgeistigter Ritterlichkeit, geschlagen nur vom plumpen Überwältigungstrieb seines Gegners. Jetzt mögen dir die personifizierten Gegensätze jener Zeit irgendwie bekannt vorkommen, Bobby. Aber du bist nicht bei Trost, wenn du irgendeinem Regisseur verübeln wolltest, wenn er Parallelen zu Reykjavik herstellt. Das Erinnerte hat im modernen Kulturbetrieb bestenfalls als Klischee überlebt, merk dir das mal, die schieben der Sprache mit mächtigen Bühnenbildern den Riegel vor. Subtilität halten die meisten Dramaturgen für eine unheilbare Krankheit. Ja, lach nur! Die Auseinandersetzung mit Stoffen besorgt Twitter, da staunst du, das war dir neu, was? Verrisse in einhundertvierzig Zeichen. Die Zeiten sind hart geworden, Bobby. Für einen Toten wie dich mag das vielleicht tröstlich sein …

Von draußen sind erneut herannahende Schritte und Stimmen zu hören. Lachen. Er geht auf Zehenspitzen zur Tür und lauscht durch den geöffneten Spalt. Fingert aus dem Overall einen Revolver hervor, den er sich in Erwartung einer gleich hier einfallenden Menschentraube schussbereit vorhält. Als die Geräusche langsam verstummen, eilt er dennoch hinaus ins Dunkel der Katakombe. Zu hören sind die spitzen Schreie einer Frau und mehrere verängstigte Männerstimmen, die sich in Erwartung der vorhersehbaren Tragödie fast überschla-

gen und in Todesangst Beschwichtigendes deklamieren. Danach vier nachhallende Schüsse, im Abstand von wenigen Sekunden. Anschließend gespenstische Stille. Nach einer Weile tritt Perelman wie gelähmt, aber auch erleichtert durch die halbgeöffnete Tür nach drinnen, der Revolver hängt schlaff an einem Arm herunter.

… Poincaré sagt, dass alle dreidimensionalen Körper, die kein Loch haben, sich nicht grundsätzlich von einer Kugel unterscheiden. Für die zweidimensionalen Oberflächen einer Kugel oder eines Würfels war dies längst bewiesen. Aber wie verhält es sich bei möglichen dreidimensionalen Flächen im vierdimensionalen Raum? Ich denke, die Schönheit ist das entscheidende Kriterium für Mathematik. Das Millennium-Problem? Den Beweis von Poincarés These fand ich in den Opern von Antonio Verdi, den Romanen Isaac Asimovs und den Schachpartien eines Bobby Fischer. Warum ich Geld und Ruhm abgelehnt habe? Weil sich das Verständnis von Schönheit geändert hat. Ich interessiere mich nicht für Geometrie. Ich interessiere mich für Moral. *Betrachtet den Revolver, steckt ihn ein.* Platon sagt, dass die Welt der Mathematik an sich existiert und wir sie erkunden müssen. Es ist aber besser zu sagen, dass es diese Mathematik nicht wirklich gibt. Es ist nicht so, dass sich da eine Tür öffnet und man einen neuen Raum betritt. Es gibt keine Tür und es gibt keinen Raum. Wir schaffen diese Türen und Räume immer nur für uns selbst und blicken auf die Dinge, wie sie sind ...

Er fischt ein Stück Fettkreide aus dem Haufen mit den Fundstücken heraus. Beginnt mit der Kreide nun leicht obsessiv die Zahlen des beliebten Schulhofspiels „Hinkelkästchen" in die von Schachfiguren befreiten Felder aufzumalen. Die ersten Zahlen gehen ihm locker von der Hand.

... Einen weißen Raben nennen mich die Russen. Einen Außenseiter. Sieht aus wie ein Penner. Der stinkt wie ein Marder und kappt sich nicht mal die Fingernägel. Hat mit der Wissenschaft gebrochen und verlottert in dem Stadtteil mit den billigen Supermärkten, in einer dieser endlosen Plattenbauten, die wie durchweichte Pappkartons aussehen. Aber es stimmt schon: Ich breche mit dem Althergebrachten und fange nichts Neues an. Ich lasse alles aus sich heraus entstehen. Muss keine gute Kleidung tragen zu einem rasierten Gesicht, um eilig mit der Metro ins Zentrum zu kommen, wo sich unanständig viel Geld machen lässt. Sibelius schrieb in den letzten drei Jahrzehnten seines Lebens keine einzige Note mehr und Rimbaud hörte auf zu dichten, als er populär wurde. Wieso sollte ich bereit sein, ein Urteil über eine Person zu korrigieren, wenn ich es einmal gefällt habe? Auch bitte ich nicht um Nachsicht, das schon gar nicht, denn ich bin weder schwachsinnig, noch habe ich einen Tripper. Es ist ein Privileg, in Kuptschino leben zu dürfen. Medwedew wuchs gleich hier um die Ecke auf, der ist doch nicht von schlechten Eltern? Die Perestroika hat ja nur Historisches aufgehübscht. Der Gorbatschow hätte sich jedenfalls nicht in diese Gegend verirrt. Niemals! Wenn doch, dann hätten sie ihn erschlagen, zusammen mit dem Jelzin. Gut, vielleicht hätte man den verdursten lassen. *Das Kreidestück entgleitet ihm. Baff betrachtet er seine Hand.* In der Erosion liegt die wahre Schönheit. Russland blüht von den Rändern her. Das ist nicht ärmlich, das ist normal. *Er kämpft mit der letzten Zahl. Die Sieben gerät zu einer unansehnlichen Kraftanstrengung, weil seine zitterige Hand nur noch eine krakelige Schrift erlaubt.* Warum so fahrig, sagt Bobby, es sieht beinahe so aus, als ob du gegen Ende hin nervös wirst, oder irre ich mich? *Er blickt fassungslos auf die zitternde Hand und die verschwommene Zahl.* Denk daran, es ist nur ein Spiel, ein Vergnügen für dumme Jungs. Erinnerst du dich? Lass die Erinnerung dir die Hand führen …

Mit letzter Kraftanstrengung wird das fehlende Spielkästchen fertiggestellt.

… Fragst du dich nicht, warum ich aus dir spreche, sagt Bobby, warum du all diese Dinge tust, die auch mir zu eigen sind? Ich frag mich das ständig. Aber ich finde keine schlüssige Antwort. Irgendwo muss es eine Anknüpfung geben, eine Überschneidung unserer Lebenswege, nur wo? Seelenwanderung, sag ich. Nein, sagt Bobby, Transfiguration, eine Art Verwandlung, aber auch das ist eher vage. Du kannst darüber etwas bei den alten Mystikern erfahren. Oder der katholischen Kirche. Transfiguration ist das, was es dir erlaubt unter dem Chaos hervorzukriechen und dann darüber hinwegzufliegen. Bob Dylan ist auch so ein Seelenverwandter. Er hatte ja in den Sechzigern diesen schrecklichen Motorradunfall, der ihn sieben Jahre daran hinderte, auf Tournee zu gehen. Der hatte genug vom Business, sag ich, der war künstlerisch ausgebrannt. Irrtum, sagt Bobby, der hatte sich gerade erst erfunden. Jahrzehnte später fuhr Dylan mit seinem Wagen noch einmal die Hügel um Woodstock ab, als er ein altes Motorrad in einem zerfallenen Schuppen erspähte. Er stieg aus, ging zu dem Motorrad und erkannte, dass es jenes war, mit dem er einst verunglückte. Dann ging er zu dem Haus, das zu dem Schuppen gehören mochte. Doch als er klingeln wollte, bemerkte er den Namen auf dem Briefkasten. Robert Zimmermann stand da drauf. So heißt Dylan mit bürgerlichen Namen. Lass mich raten, sag ich, er klingelte nicht. Ganz recht, sagt Bobby, er bekam es mit der Angst und verschwand. Daheim recherchierte er diesem zweiten Zimmermann nach. Heraus kam, dass der bis in die Siebziger ein ziemlich einflussreiches Mitglied der Hells Angels gewesen war und später ein bekannter Journalist bei einer angesehenen Tageszeitung wurde. Er schrieb unter anderem einen Artikel über seine nebulöse Vergangenheit als Rocker, in dem er ziemlich detailliert den Motorradunfall schildert. Demnach ist er nach einem U-Turn mit seiner Maschine frontal mit einer entgegenkommenden kollidiert, die plötzlich die Fahrbahnseite wechselte. Er selbst überlebte mit schweren Verletzungen. Für den anderen kam jede Hilfe zu spät, er starb am Unfallort. Es soll sich bei ihm um einen talentierten Folksänger aus Duluth in Minnesota gehandelt haben, dem einige Kritiker bereits eine Weltkarriere vorausgesagt hatten. Blödsinn, sag ich, der eine Zimmermann hätte doch leicht vom anderen erfahren können. Außerdem hätte dein Journalist vorher anders heißen müssen. Oder Dylan eben nicht Dylan. Das ergibt überhaupt keinen Sinn. Richtig, sagt Bobby, aber nur, wenn du es in der tradierten zeitlichen Abfolge belässt. Die Zeit zwingt uns das Denken auf, das unser Handeln bestimmt. Aber es gibt keine

Reihenfolgen und Chronologien, wenn wir sie nicht zulassen. Nirgendwo. Die Dinge passieren einfach. Als du als kleiner Junge unsere Schachpartien auf den Straßen von Kuptschino nachspieltest, hatte ich bereits eine Vorstellung von diesem Poincaré. Keine Ahnung woher. Aber mein Spiel war plötzlich von dessen Hypothese durchdrungen. Wir kannten uns nicht, lieber Grigori, du hattest von mir nur gelesen. Als ein cholerisches Genie, vermute ich. Spasski verlor deshalb, weil er die Dimension des Schachspiels nicht begriff. Er dachte in Analogien, er misstraute dem Chaos und damit der Freiheit. Es gab nichts, worunter er hätte hervorkriechen können, nichts, worüber es sich gelohnt hätte hinwegzufliegen. Das ist der Grund, weshalb es mir nichts ausmacht, wenn sie mich einen sadistischen Antisemiten und Amerikahasser nennen. Die Transfiguration ist das, was sie ist. Ich könnte mich nicht in die Vergangenheit begeben, um den alten Bobby Fischer zu finden. Wenn ich es könnte, würde ich ihm die Hand schütteln und ihm sagen, dass er einen Freund hat. Einen Freund namens Grigori Perelman, der größte Mathematiker, der je auf Erden gelebt hat. Aber ich kann nicht. Er ist weg. Er existiert nicht mehr …

Er wandert zu der einmal mehr in ihrer Kunststoffhülle erschlafften Maria und bläst Luft ein.

… Ein Wissenschaftler kann nur denken. Aber was hat die Wissenschaft heute noch für eine Funktion? Sie hat keine mehr. Genauso wenig wie die Kunst. Theater und Mathematik spielen sich in einer Dreckecke ab. Heute kommt man ohne das Wissen um die Welt gut durch dieselbe. Der befreite Geist ist nur noch ein aufgesetztes Etikett. Der Schauspieler aber versucht, sich über die Welt klar zu werden. Wenn er Zuschauer hat, hofft er, dass auch sie diese Klarheit gewinnen. Es ist die Pflicht eines Menschen, sich über die Welt klar zu werden. Ich erfülle eine Pflicht, wenn ich über die Menschen nachdenke. *Zu Maria, die jetzt drall gefüllt zu seinen Füßen liegt.* Ich hoffe, ich unterfordere dich damit nicht …

Er trägt sie hinüber zur Schaukel, fixiert sie mit Panzerband an dem vordersten der vier Beine. Die abgetrennte Schlinge des Galgenstricks baumelt noch bizarr um ihren Hals.

… Bobby hält Sergej für einen Verräter. *Zu Maria.* Glaubst du, ich sollte den Plan noch mal überdenken? Jetzt, wo es fast ausgestanden ist? Du bist doch eine Frau. Die hat doch Instinkte. *Misstrauisch.* Oder war da was zwischen euch? Jetzt sag schon, dass da nichts dran ist! *Entspannter.* Bobby sieht überall Gespenster. Das kommt davon, wenn man in Island lebt und zu oft mit Margot Honecker Schach spielt. Die hat sich flugs für tot erklären lassen, weil ihr die geilen Pioniere und sabbernden FDJler bis dato nachgestiegen sind. Nun schwebt sie alle vier Wochen mit dem Flieger von Chile ein. Bobby kann sie nicht leiden, weil ihr toupiertes Haar nach billigem Festiger stinkt. Aber Schachspielen, sagt der, das kann die. Opfert zu Beginn gerne ihre Bauern, um ihm mit Turm und Läufer in den Rücken zu fallen. Zittauer Eröffnung nennt sie das Räumkommando. So haben wir es früher gemacht, sagt Margot, nur waren damals die Bauern echt. Dann lacht sie verzagt und schmettert schnell noch die Internationale hinterher. *Zu Maria.* Kannst du Schach? *Wirkt kurz, als erwartet er tatsächlich eine Antwort. Dann desillusioniert.* Bobby hält Sergej für einen unsicheren Kantonisten. Der hat schon Spasski in den Untergang sekundiert, sagt Bobby, erst in Reykjavik und später in Belgrad. Hast du das gewusst, Grigori? Na, jedenfalls sieht es so aus, als hättest du keinen blassen Schimmer. Der spielt sein eigenes Spiel, merk dir das mal, auf Regeln pfeift der eine „Kalinka"! *Pfeift kurz ein paar Noten aus dem russischen Volkslied.* Ich hab ihm alles zu verdanken, sag ich, ein verlauster Judenbub aus der grauen Vorstadt, für den im alten Russland die Universitäten nichts anderes als uneinnehmbare Festungen waren. Scheiß drauf, sagt Bobby, nur der unterwürfigste Wirt versorgt den artfremden Gönner für alle Zeit mit lebenswichtigen Ressourcen. Pass auf, dass der Parasit dich nicht am langen Arm verhungern lässt, wenn er aus dem Gröbsten raus ist. Wo wäre dieser Sergej heute, wenn er sich nicht im Glanz deines Geistes hätte sonnen können? Hast du dich das mal gefragt, Grigori? Ein ewiger Sekundant, so einer ist der. Erzählt er eigentlich immer noch diese Märchen aus Afghanistan? Ich wette, er hat sie noch drauf, diese Alice-Cooper-Scheiße. Wo wäre dieser Sergej heute, wenn er sich nicht im Glanz deines Geistes hätte sonnen können? Hast du dich das mal gefragt, Grigori? Ein ewiger Sekundant, so einer ist der. Erzählt er eigentlich immer noch diese Märchen aus Afghanistan? Ich wette, er hat sie noch drauf, diese Alice-Cooper-Scheiße. Na, wenn schon, sag ich, wer sagt denn, dass uns ausschließlich die Wahrheit ins Licht der Erkenntnis führt? Dein Argument wird jedenfalls nicht glaubwürdiger, wenn du es zweimal vorträgst, amüsiere dich ruhig weiter auf meine Kosten. Ich versteh kein Wort, sagt Bobby, was in Herrgotts Namen soll ich dir zweimal erzählt haben? Den letzten Satz, sag ich, du hast ihn wiederholt. Glaubst wohl, du bist wie dieser Karasek am Theater. So ein Blitzgescheiter! Lässt alles zweimal spielen. Das ist sein Trick, um Bedeutungsschwere vorzugaukeln. Tot dieser Karasek, sagt Bobby, im Doppelgrab mit Peymann. Quatsch, sag ich, du redest gerade von seinem Ollen. Der Vater war zuerst dement und starb am Ende an seinen schlechten Witzen. Dachte nie, dass der üble Humor einem derart zusetzen kann. Das reicht als Stoff jetzt nicht mal für eine brauchbare Tragödie in den Kammerspielen, ein Telenovela-Zitat werden sie ihm in den Grabstein meißeln als Rache! Am Ende wusste der nicht mal mehr, in was für einer Rateshow sie ihn am Vorabend verheizt hatten. Als er den Ikea-Katalog für diesen Streamingdienst rezensierte, sind sie freilich von ihm abgerückt. Das ging zu weit. Eindeutig. Zu einem Peymann legt man so einen jedenfalls nicht in die Kiste, das steht mal fest, so instinktsicher sind die noch im Kulturbetrieb. Aber sein Bub, das ist ein feiner Kerl, ein richtig Großer wird das, das sag ich dir, der erneuert gerade das Theater. Punktgenau. Ein wahrer Bilderstürmer! Bleib mal am Teppich, sagt Bobby, doch nicht, indem er alles doppelt spielen lässt? Das erinnert irgendwie stark an Margot, diese ständigen Litaneien von der Herrschaft der arbeitenden Klasse. Befreiung des Proletariats. Frag das Proletariat mal, ob es befreit werden will, frag es mal! Beim Karasek ist das Branding, sag ich, die Pflege eines Markenzeichens. Wie der Hitlergruß von Meese. Der Kunde vertraut Marken, die er kennt. Über den

Inhalt lässt sich einfach keine Nähe zur Kunst mehr herstellen, der Zug ist abgefahren, mein Bester. Der Abonnent im Schauspiel zahlt in Wirklichkeit nur für die Wiedererkennung, für die seriell produzierte Zurschaustellung seiner Erwartungen. Nähe macht den Unterschied, sag ich, das kriegt die Margot nicht mehr gebacken, geht das bei dir in den Schädel? Du bist verrückt geworden, sagt Bobby, ich erkenne dich nicht wieder, das ist unfassbar …

Er platziert eine Kamera genau vor sich, beginnt langsam auf der Stelle zu traben. Auftritt des Mannes ohne Gesicht. Der hat im Halbdunkel des Ausgangs den Ausführungen Perelmans bereits eine Zeitlang gelauscht. Doch erst als der aus den Augenwinkeln von ihm Notiz nimmt, wagt er sich aus seiner Deckung heraus: Eine beeindruckende Gestalt ohne erkennbare Gesichtszüge, geisterhaft gewandet in einem dunklen Maßanzug. Auch weil sich die Schimäre jetzt mit der gelangweilten Selbstverständlichkeit eines routinierten Spurensicherers dem Inhalt ihres Metallkoffers zuwendet, treten Chaos und Verwüstung im Bühnenbild umso deutlicher zutage, was Perelman in seinem Bewegungsdrang nicht zu erschüttern scheint.

… Da bist du endlich, Mann ohne Gesicht. Ich ängstigte mich schon, sie hätten dich nicht reingelassen.

Aber die Verkleidung hast du wirklich erstklassig hinbekommen. Chapeau! Vermutlich hätte ich kleinere Karos gewählt, sofern wir jetzt von der theoretischen Möglichkeit ausgehen, dass es zwischen uns beiden Unterschiede gibt, was die Sache aber nur verkomplizieren würde. Sieh dich in aller Ruhe um, achte auf jedes Detail, denn es könnte vor dem Weltgericht von Wichtigkeit sein. Sei dir gewiss, dass du zwar ein Teil von mir bist, ich dir aber nur zur Hälfte gehöre. Zusammen sind wir das schäbige Fazit aus Schuld und Sühne, merke dir das, mein Kamerad, wenn ich dich einmal so nennen darf ...

Der Mann ohne Gesicht ist in einen blütenweißen Tyvek-Anzug mit Haube gestiegen. Er grenzt den Tatort rund um die angebundene Maria mit Unmengen von rotem Sicherheitsband ein. Während Perelman ungebremst weiterredet, trägt der gesichtslose Kriminalist zur Erfassung von Fingerabdrücken mit einem Pinsel adhäsive Pulver und geheimnisvolle Tinkturen rund um das Schaukelgerüst auf.

... Bobby fragt, warum ich laufe? Es ist die totale Mobilmachung des eigenen Körpers gegen die aufgezwungene Rechtfertigungskultur. Am Theater proklamieren sie jetzt Toleranz und Vielfalt. Es sind die Parolen der Gutmenschen als Wiederaufnahme in einem Endlosspielplan. Regie führt ausschließlich der faschistoide Geist. Die Intendanten haben ihre Häuser zu Refugees-Welcome-Zentren umgebaut. Wer der unkontrollierten Einwanderung von Flüchtlingen nicht frenetisch entgegenfiebert, macht sich bereits verdächtig. Neulich haben sie einem lettischen Regisseur die Zusammenarbeit aufgekündigt, einem siebenfachen Familienvater, der nur nebenbei erwähnte, dass er sich in seinem von Muslimen unterwanderten Pariser Wohnviertel nicht mehr sicher fühle und seine Kinder im Treppenhaus verprügelt würden. Gewiss haben sie ihn ausgelacht, denn nur das blinde Bekenntnis zu Multikulti gilt diesen neuen Nazis an den Theatern als Gesinnungsnachweis. Es hat nicht viel gefehlt und sie hätten diesem Letten so etwas wie einen gelben Stern an die Brust getackert. Wer, außer denen, glaubt denn allen Ernstes, vierzig Millionen Pollacken seien Rassisten? Aus den Inszenierungen spricht schon die Beklemmung der jungen Regisseure vor der Kritik. Man riecht den Angstschweiß noch im Parkett und muss nur die Zeitungen aufschlagen. Ein Hörspiel sei das, schrieb das Feuilleton des Herolds verächtlich über die Premiere von „Othello". Anderntags kippten sie Pflanzenöl in ein Kinder-Planschbecken und verhandelten darin den Mord am Intriganten neu. Aus dem edlen Mohr war ein schwuler Albino geworden und aus

Desdemona eine sexsüchtige Schlammcatcherin im flotten Einteiler, die sich zu Karnevalsmusik in Völkerverständigung übte. Das … das ist so, als wollte man über den Umweg des Theaters alle Jahrhunderte zuvor vergessen machen. Einfach tilgen! Jahrhunderte, in denen die Leute sich daran gewöhnt hatten, Autoritäten zu fügen. Nicht weil sie ihre Herrscher für weise und gerecht hielten, oh nein, sondern weil ihr Gehorsam mit Gewalt erzwungen wurde. Diese Methode brachte eine beeindruckende Militärmacht hervor, aber schlechte menschliche Wesen. Sie ließ das Volk vor der Autorität kuschen. Das ist einer der Gründe, warum sie diesem Hitler nachliefen, er ersparte ihnen die Mühe des Nachdenkens. Gut möglich, dass man es jetzt als heilige Pflicht empfindet, die düsteren Kapitel auszublenden, die Dreckecken der Geschichte. Aber blickt man vom Tor des Konzentrationslagers von Buchenwald nicht auch auf das nur zehn Kilometer entfernte Weimar eines Schiller und Goethe? Überall auf der Welt betrachtet man Vergangenheit so, dass sie einen nicht die Zukunft verhagelt. Hier nicht! In Warschau oder Kiew würden sie kein Denkmal wie dieses … dieses entsetzliche Holocaust-Mahnmal aufstellen. Kein Land käme auf die Idee, ein Monument der eigenen Schande in seine Kapitale zu bauen und diese Art der Erinnerungskultur flächendeckend zu etablieren. Nur Entartete denken so. *Er streut verwegene Boxer-Attitüden wie angedeutete Haken und affektierte Deckungsvarianten in seinen Trab ein.* Immerhin bleiben die Zuschauer jetzt bis zuletzt. Neulich bei der Generalprobe sind sie wie auf Knopfdruck vor der Pause gegangen. Horden von Bodybuildern, die Shakespeare irrtümlich für den Zirkusdirektor von Holiday on Ice hielten. Hustende und niesende Gespenster, die ihre Abos in eingefurzten Subventionssesseln absitzen und das wirkliche Fachpublikum mit Myriaden unbekannter Bakterienstämme eindecken. Im Theater bleibt man grundsätzlich bis zum Schluss, das wusste schon Euripides. Den Griechen kann man vieles vorwerfen, aber die eine oder andere Benimmregel hat sich als sinnvoll erwiesen. Gut, in der Pause zu gehen, das mag noch angehen. Aber eigentlich bleibt man bis zum Ende, auch wenn das bitter ist. Das ist man den Schauspielern schuldig. Richtig? Richtig! Die schieben schließlich Schicht nach Dienst. Ich zum Beispiel stehe auch nicht mitten in der Wurzelbehandlung auf und gehe nach Hause. So viel Respekt bringe ich meinem Zahnarzt immerhin entgegen. Der dankt es mir, in dem er mir in einem Anflug von Achtung weniger Schmerzen zufügt. Gewiss, da ist der Wunsch Vater des Gedankens, aber schlechterdings steht auch der Schauspieler am Ende der Nahrungskette. Er muss Buhs und

Pfiffe über sich ergehen lassen, den Applaus und die Bravos wiederum könnte er als Wertschätzung für Autor und Regisseur fehlinterpretieren. Der Schauspieler bleibt also alleine. Alleine mit sich und dem Stück. Selbst nachdem der letzte Vorhang gefallen ist, soll es vorgekommen sein, dass Zuschauer Schauspielern nach der Vorstellung aufgelauert und ihnen die Meinung gegeigt haben. Im besten Fall. Deshalb ist Wertschätzung so wichtig. Es kann erlaubt sein, dem Regisseur eins in die Fresse zu hauen oder dem Autor das Dach über dem Kopf anzuzünden, wenn einem danach ist. Aber aufstehen und gehen? Mitten in der Vorstellung? Pfui Teufel! *Er spuckt aus.* In Hamburg haben sie jetzt Fellinis „Schiff der Träume" zum Vorwand genommen, aus Afrika stammende Flüchtlingsdarsteller auf die Bühne zu zerren. Dort tanzen sie Yankadi zum Krach der Trommeln und stellen Quizfragen. Verlesen politische Manifeste und erzählen davon, wie sie vor den Mörderbanden in Burundi geflohen sind. Schön und gut, aber in erster Linie hindert der Nigger den festangestellten Schauspieler daran, das weiterzuspielen, was er gelernt hat. Nicht genug, dass der sich jeden Abend durch einen zum Matratzenlager umfunktionierten Flur seinen Weg zur Bühne freikämpfen muss und in der Kantine aus falsch verstandenem Respekt vor dem Islam kein Bier mehr ausgeschenkt bekommt.

Nein, er verpflichtet sich vertraglich darüber hinaus dazu, die Not der Migranten über die Ängste seiner weißen Kollegen zu stellen. *Entrüstet.* Das ist doch Zensur, das ist doch ... also eine Behinderung in Ausübung seines Berufes ist das jetzt wenigstens! Was sagst du dazu? Bobby, jetzt sag halt was! Jedenfalls wundert es nicht im geringsten, dass viele Schauspieler entsetzliche Drogen nehmen und an gebrochenen Herzen krepieren. Das Laufen hingegen führt zur inneren Einkehr. Ein ritualisierter Akt der Notwehr, eine liebgewonnene Selbsterhaltungsmaßnahme wie die windschiefe Körperhaltung, die man schmerzvoll nach einem Bandscheibenvorfall aufgebürdet bekommt. Wer den Ekel des eigenen Handelns überwinden will, muss durch ein Stahlbad gehen. Du wirst nicht ernsthaft mit dem Gedanken spielen, ich laufe vor etwas davon? Sieh mich an, Bobby! Es ist kein Fehler, wenn wir zivilisatorische Zeichen aussenden. Mitten hinein in diese Welt voller dschihadistischer Kopfabschneider, die nur deshalb zu Medienstars werden, weil die Bits und Bytes in Falludscha und Ramadi so zügig durch die Smartphones rauschen wie in Downtown Manhatten. Wer würde in Anbetracht des anrückenden Kalifats hier nicht an moralische Instanzen erinnern wollen? *Schwer inbrünstig.* Herder. Riefenstahl. Beckenbauer. *Verlangsamt den Trab. Bedrückt.* Einfach niemand mehr da, an den sich zu glauben lohnte. *Bleibt stehen, außer Atem. Stützt sich erschöpft auf die brennenden Oberschenkel auf.* Was glauben diese Barbaren, wer sie sind? …

Sucht erschöpft Halt am Gestänge der Schaukel. Langsam zu Kräften kommend. Die hilflose Situation ausnutzend, pirscht sich der Mann ohne Gesicht von hinten an Perelman heran. Übervorsichtig versucht er zuerst mit der Pipette ein Haar, dann einen Hautpartikel von dessen Overall zu isolieren, was nicht gelingt, da Perelman überraschend gedankenschnell ein Skalpell aus dem Spurensicherungskoffer zu fassen kriegt und behände zum Gegenangriff bläst. Eine halbe Ewigkeit belauern sich die ungleichen Männer in einer Art surrealem Pas de Deux, bei dem sie sich martialisch-rituel im Kreis drehen und den Blicken des jeweils anderen auszuweichen versuchen. Als Perelman gewahr wird, dass ihr Improvisationstanz inmitten der Zahlenfelder des Hinkelkästchen-Spiels ausgefochten wird, legt er entbunden das Skalpell beiseite und stöbert leicht obsessiv in den Taschen seines Fliegeranzugs nach Kieselsteinen, die er für den Einstieg in eine erste Spielrunde benötigt. Während ein derangiert wirkender Mann ohne Gesicht nachfolgend Mühe hat, die Konzentration bei der erneuten Beweissicherung wiederzuerlangen, wirkt Perelman leicht euphorisiert. Die Erinnerung an die

Kindheit hat ihm sogar ein Lächeln ins Gesicht gezaubert.

... Mein Junge ein Bombenbauer, sagt Vater, ich glaub es nicht. Hast du Mutter auch mal ins Gewissen geredet, sag ich, komisch, warum mir das nie aufgefallen ist. Die war nicht immer so, sagt Vater, die hatte auch gute Tage. Nach der vierten Niederkunft, meine ich mich zu erinnern, fing es an, kompliziert zu werden. Ich dreh dir jedenfalls keinen Strick daraus, wenn du denkst, dass es dir an Autoritäten gefehlt hat. Was soll schon abfallen für ein Kind, wenn der Vater sich mit einem wehmütig klingenden Holzblasinstrument am Dachboden einnistet? Weißt du noch, wie du als kleiner Junge mal einem Eichhörnchen das Leben gerettet hast? Wie alt warst du da eigentlich? Acht, sag ich. Acht, das klingt so verdammt unschuldig ...

Er wirft einen Kieselstein ins erste Feld und hüpft einbeinig die kreuzförmig angeordneten Spielflächen ab. Auf Feld sieben muss er auf einem Bein eine Drehung vollführen und auf das andere Bein wechseln, was ihn fast umwirft. Während er erleichtert und ziemlich groggy die erste Spielrunde zu Ende bringt, stellt der Mann ohne Gesicht weitere DNA-Proben auf Maria und vom Tatort sicher, tütet - roboterhaft und auf allen vieren

kriechend - Wattestäbchen ein und entsorgt Latexhand-
schuhe.

… Acht Jahre, sagt Vater, das ist ein Alter, in dem andere Kinder ihre Wellensittiche vergiften. Oder den Goldhamster foltern. Mich hätte das stutzig machen müssen. Von Anfang an. Spätestens als du diese schauderhaften Andreas-Vollenweider-Platten nach Hause gebracht und „Momo" gelesen hast. Warum, zum Teufel, bin ich nicht augenblicklich eingeschritten? So viel Herzensbildung kann nur in die Verdammnis führen, mein Junge, diese Milde mündet direkt in eine kriminelle Laufbahn. Das Ergebnis steht jedenfalls fest …

Er begibt sich auf die zweite Spielrunde, hüpft und albert unverzagt über das zweite Feld hinweg, in das er den Kiesel geworfen hat. Die Bühne ist mittlerweile in ein unwirklich blaues UV-Licht getaucht. Inmitten des gespenstischen Ambientes erkennt man schemenhaft den Mann ohne Gesicht mit einer stabförmigen Lampen-Apparatur hantieren, mit der er kleinsten Blutspritzern nachspürt.

… Klare Kante, sag ich. Bis hier und nicht weiter. Grenzen sind ja per se kein Zeichen von Abschottung. Jedenfalls weisen sie niemanden dazu an, nach bestimmten Regeln zu spielen, sie fokussieren vielmehr den Blick nach innen. Siehst du, sagt Vater, besser hätte ich es nicht formulieren können. Da erkennt man den Sohn! Eins in die Fresse, sag ich, das hätte ich mir bisweilen gewünscht. Was erzähl ich, erträumt habe ich es mir! Mit der flachen Hand, besser gleich der knöchernen Faust! Quetschungen. Verbrühungen. Aufgeplatzte Augenbrauen. Die kannte ich nur vom Hörensagen. Sah später neidisch die Kameraden nach Fehltagen verschämte Entschuldigungsschreiben aufsetzen und musste über die ungläubigen Blicke der Lehrerin schmunzeln. Wie die sich wohl anfühlen, Schläge und Tritte, denen ich selbst hätte die Stirn bieten müssen? Habe als Unberührter keine Vorstellung von Schmerz. Kenne kein Wort für jene Empfindung, die mich durchströmt, wenn ich anderen Menschen Schmerzen zufüge. Nein, ich muss mich korrigieren! Streichen wir Empfindung! Das Wort! Empfindungen sind ja etwas zu Herzen gehendes. Aber das Herz versagt mir beim Thema Schmerz den Dienst. Nicht, dass mir Empfindungen fremd wären, aber ich kenne keine Entsprechung dafür in meinem Vokabular, sagen wir … beim Anblick von Leid. Tatsächlich kann ich schwer taxieren, welche Fallstricke die chemischen Reaktionen in meinem Körper bereithalten, wenn ich anderen wehtue. Es gibt im Grunde keinen Begriff für derartige seelische Verwüstungen, es gibt nur einen Begriff bei Leuten, die Eichhörnchen das Leben retten. Bleiern wie ein vollgesogenes Laken lastet die Kindheitsfrage, die mir zu stellen stets versagt blieb, noch über der Gegenwart: Wie gestaltet sich ein Leben voller Narben und Zinkverbände, wenn doch die Narben nach listigen Erklärungsversuchen verlangen und die Zinkverbände verheimlicht werden sollen? Selbst die Spuren dunkelster Mächte, die mir in meinem pubertären Eifer klitzekleine Urkundenfälschungen abverlangt hätten, verloren sich immerfort im Schoß der Familie. Scheißfamilie! Komm mir bitte nicht mit der Floskel vom sicheren Hafen! Ich scheiß auf sichere Häfen! Nicht einmal von Spickzetteln abzuschreiben war mir vergönnt. Ich weiß gar nicht, was die in einem so anrichten: ungläubige Blicke der Lehrerin? Mach mal halblang, sagt Vater, ich hab dir nicht erlaubt, mich der Lächerlichkeit preiszugeben. Als hätte ich unter der Bürde der unterschätzten Harmlosigkeit eines Andreas Vollenweider nicht hinlänglich zu leiden gehabt. Nur die Familie bietet dem Einzelnen Halt, sag ich, darin hatte Mutter sicher recht. Nach diesem Vorsatz hat sie gelebt … was sag ich: Sie ist praktisch mit ihm Fleisch geworden! Hat als einzige begriffen, dass wir dem mörderischen Wettbewerb und der Einsamkeit dort draußen ab und an entfliehen müssen. Für Augenblicke nur. Aber die hat sie genutzt. Um jegliches Glück jenseits ihres Rocksaums zu kontaminieren, uns unfruchtbar zu machen für ein Leben abseits ihres Gebrülls. *Blickt nachfolgend dem Mann ohne Gesicht bei dessen Arbeit über die Schulter. Distanziert. Auch wenn der Phantasmagorie das Unbehagen anzumerken ist, geht die beim Pipettieren und Eintüten von Kleinstpartikeln routiniert und gewissenhaft zu Werke.* Vater, du kannst dich sicher noch an Arthur Millers „Handlungsreisenden" erinnern? Unser Verdienst, sagt Vater, das bleibt auf der Habenseite. Darin waren deine Mutter und ich ausnahmsweise einer Meinung. Verbunden im Glauben, im Theater erführe man etwas über das wirkliche Leben. Nie wollte ich wie dieser Willy Loman vor dir stehen, mein Junge. Nie! Ein irrer Zwerg mit heruntergelassener Hose und erschwindelter Vita, das ist doch entwürdigend für alle, das musst du mir abnehmen. Aber es geht gar nicht um einen Wahnsinnigen in einer intakten Familie, sag ich, es geht um den Wahnsinn der Familie selbst. Ich habe Miller lange nicht verstanden, aber dieser Willy Loman mit seinem Traum ist vielleicht der Menschlichste von allen. Dass er tragisch endet, liegt nicht an seinem Traum, sondern daran, dass er ihn mit der Wirklichkeit verwechselt. Früher, sagt Vater, haben sie den Miller nicht gespielt, weil er den Regisseuren Anweisungen diktierte, nach seinem Tod mieden ihn die Theater, weil sie sich an ihm rächen wollten. Und heute? Die Gegenwart hat keinen Geruch mehr, nicht mal den faulen Atem des Unverstandenen. Die politischen Systeme sind implodiert, sag ich, der Kommunismus hat sich an seiner Humorlosigkeit verschluckt, der Kapitalismus degeneriert unter dem verschwundenen Feindbild. Fanatismus und religiöses Feuer sind die Triebfedern der Moderne. Der Willy Loman von heute hätte keine Hoffnung mehr auf Erfolg und privates Glück, weil die Definition solcher Dinge von keinem mehr in Aussicht gestellt wird. Willy würde sich seinen Traum verbieten, vielleicht … vielleicht sollte man diesen Miller einmal genau so spielen. Die Welt, in der Willy lebt und an die er glaubt, die ihn auspresst und dann auf den Abfall wirft, sie findet in einer fernen Galaxie statt. Auf einem einsamen Stern, verlassen von allen guten Geistern. Nicht doch, du hältst das für absurd? Weißt du noch, was Biff, der Sohn im Stück, irgendwann sagt? Ich weiß, wer ich bin, sagt er. Nur diesen popeligen Satz. Er will nicht den Erfolg des Vaters nachholen, sondern den, der seiner Natur entspricht. Darum geht es doch, wenn wir am Ende nackt vor dem stehen, was Schöpfung genannt werden könnte. Vater, was ist, du siehst blass aus? Das zuckende Augenlid ist sicher dem dünnen Nervenkostüm geschuldet, ist dir nicht gut? Warte, ich sehe mal nach, wo die Klarinette abgeblieben ist. Zum Teufel mit dem Dreckteil! Dir ist klar, sagt Vater, was du anrichtest, wenn du deiner Natur folgst? …

Der Schreck ist dem Mann ohne Gesicht nach Perelmans letzten Sätzen in die Glieder gefahren. Schockstarr steht er mit einem weiteren Kameramodell inmitten des Wirrwarrs von Absperrbändern, nachdem er das Tatort-Chaos gerade noch mit einem wahren Blitzlichtgewitter befeuert hatte. Während Perelman gefasst nach vorne tritt, pellt sich der Mann ohne Gesicht schweißgebadet aus seinem Tyvek-Anzug. Die Art, wie er Behältnisse und Werkzeuge jetzt in fliegender Hast in den Metallkoffer stopft, lässt Panik und Todesangst erahnen. Als beim Abgehen der komplette Inhalt scheppernd herausplumpst, überlegt er kurz, ob er ihn erneut einpacken soll, doch dann flieht er mit leeren Händen und einer letzten verzweifelten Geste nach draußen.

… Wir haben sie verloren, unsere Terrorkinder. An die falschen Propheten. Mit Drogen vollgepumpte Scheihälse, die mit Lkw über belebte Flaniermeilen brettern und Menschen unter die Räder nehmen, als sei der IS ein Stoßtrupp der örtlichen Müllabfuhr. Sie metzeln mit Macheten in Regionalzügen, verspritzen Säure und ballern sich den Weg zum

Glauben in trostlosen Markthallen frei. Mohammed Atta war ein Ästhet dagegen, ein Meister der Inszenierung, der wird sich jetzt im Grab umdrehen. Ein lächerliches „Alahu akbar" soll der eine nach dem Freitagsgebet noch getwittert haben. Just in dem Moment, als er sich richtete. Doch wenn ihr Gott so groß ist, warum müssen dessen Fans seine Existenz am laufenden Band herausposaunen? Warum kauft er sich dann seine Hemden bei Hennes und Mauritz und fährt mit der U-Bahn? *Pause, in der er sich die zerzausten Haare richtet.* Die usbekische Verkäuferin vom Kiosk mag mich. Das kleine Miststück. Ich schick sie gerne nach hinten ins Lager. Dreimal wenigstens, weil mich der Anblick ihres Hinterns ganz kirre macht. Kaugummis, Briefmarken, Zigaretten … und immer eine höfliche Entschuldigung auf den Lippen. Die ganz alte Schule. Macht heute wieder Eindruck. Dass es ihr nichts ausmache, lässt sie dann verschämt wissen und läuft rot an übers runde usbekische Gesicht. Blickt verstohlen zur Seite, wenn ich ein bisschen in meinen Hosentaschen herumspiele und sie zweideutig frage, ob sie ahne, was das sei. *Fingert betont wurstig und anspielungsreich in der Hosentasche seines Overalls herum.* Oh verdammt, sagt sie, das muss etwas verflucht Großes und Mächtiges sein, etwas, vor dem sich die Welt in Acht nehmen sollte, glauben Sie nicht auch? Ganz recht, sag ich, es ist eine Nagant, mit der hat schon die Rote Armee manches Licht in Rommels Reihen ausgeblasen. *Holt den Revolver hervor, streicht sanft über den Lauf.* Ein richtiges Gesicht hat die. *Schaut von vorne in den Lauf.* Haben Sie der einmal in die Augen gesehen? Ein richtiges Grinsen in der Fresse. Hat einfach immer Hunger, die Kleine, eine richtig große Fresse hat die …

Er legt die Waffe umsichtig vor sich auf den Boden. Fast zeremoniell.

… Sie hatten das Recht, die Million nicht zu nehmen, sagt sie, auch wenn Ihre Mutter es Ihnen nie verzeihen wird. Niemand hat das Sonderrecht, jemanden wegen eines grauen Stars zu erpressen. Nobody. Und wegen der verpassten Chancen machen Sie sich mal keinen Kopf. Sie hatten schließlich gute Gründe, das internationale Establishment der Zahlen zu verachten. Die FIFA mag auch keine Sau. Oder den Lars von Trier. Die glauben, ich bin ein Richter, sag ich, einer, der mit göttlicher Gewissheit weiß, was richtig und was falsch ist. Aber wie kann ich etwas glauben, wenn ich nicht mal an Gott glaube. Stimmt es, fragt das Kioskmädchen, dass Sie in New York mal auf einer Matratze geschlafen haben, die hinterher so gestunken hat, dass der Besitzer sie wegwerfen musste? Ja, sag ich, worauf sie donnernd lacht. Wenn sie lacht, dann ist sie nur Mund. Kurz denke ich darüber nach, sie zu verschonen, weil dieser totale Ausdruck von Freude und Redlichkeit der Nachwelt ein Beispiel geben sollte …

Er bückt sich gerade nach dem Revolver herunter, als ein Gong ertönt. Anschließend eine energische Frauenstimme aus dem Off.

… HERR PERELMAN, HERR GRIGORI PERELMAN! DES TEUFELS GENERAL, KLEINES HAUS. NOCH FÜNF MINUTEN BIS ZU IHREM AUFTRITT! …

Lässt die Waffe am Boden liegen. Deutet mit dem Finger Richtung Decke, wo er den Lautsprecher verortet.

… Das bin ich. Perelman. Grigori Perelman. Das ist mein Name. Die Inspizientin hat sich erkennbar Mühe gegeben, ihn richtig auszusprechen. Weich und jüdisch. Das ist selten. Aber die soll jetzt nicht glauben, dass ich mich durch so eine billige Süßholzraspelei vom rechten Pfad der Tugend abbringen lasse. Sergej klingt natürlich härter. Hart und russisch. Dahinschmelzen könnte man freilich, wenn übereifrige Inspizientinnen einen ausgerechnet an der Stelle um den Finger zu wickeln versuchen, an der bei Dürrenmatt die deformierte Anstaltsleiterin auf den Plan tritt. Die Wissenschaftler werden weggesperrt, die Missgeburt nutzt deren Wissen, um Herrschaft über die Welt zu erlangen. Aber wir sind nicht bei Dürrenmatt, so viel steht fest, aufgeführt wird das wirkliche Leben. Komisch nur, warum sich Sergej nicht mehr gemeldet hat. Sei es wie es ist, in wenigen Minuten werden alle hier tot sein. Ob es denn wisse, was ich bewiesen habe, frag ich das Kioskmädchen. Klar, sagt das streberhaft, die Hypothese von Poincaré. Großartig, sag ich, aber wissen Sie auch, was das bedeutet? Nein, sagt sie, und ich sage, dass ich bewiesen habe, dass es keinen Gott gibt, worauf das Kioskmädchen sich vor meinen Augen förmlich aufzulösen beginnt und sich jede Spur von ihm wie in einer Nebelwand verliert. Kioskmädchen, ruf ich ihm noch nach, bleib hier, geh nicht weg! Sehen Sie, ich habe Ihnen schon das Du angeboten. Sie sind sicher einverstanden, wenn ich Sie duze? Wie dem auch sei, ein Relikt von Menschlichkeit muss zurückbleiben, um berichten zu können, das geht doch in deinen Schädel hinein? Nur wer reinen Herzens ist, mag glaubhaft Zeugenschaft ablegen im Angesicht der Apokalypse. Wenn dein Glaube jetzt stirbt, dann bist auch du nur ein Mensch ohne Herz. Sehe sie schon tanzen und große Feuer anzünden, fremdartige Geschöpfe mit Augen wie glühende Grillkohlen. Wahre Feuerwerke werden sie auf den Ruinen unserer untergegangenen Kultur gen Himmel jagen, animalisch tanzen zu Trommelwirbeln und mit kreisenden Hüften. *Ahmt es nach.* Der Glaube ist die einzige Verbindung zum Herzen, darauf kannst du einen lassen. Nicht auszudenken, wenn zukünftig Herzen in Körpern schlagen, die uns auf ewig wesensfremd bleiben, wenn das Blut dort Hirne durchströmt, deren Denkmuster uns frösteln macht? Lass uns glauben, Kioskmädchen, ein letztes Mal noch, hier schau, nehm meine Hand! *Bietet seine Hand einer völlig inoperablen Maria an. Deprimiert.* Aber da ist sie schon durch die Pforte geschritten, hinüber ins andere Blau. Wie in einem dieser Trashfilme, die Lars von Trier nie drehen würde. Wow, denk ich, wenn am Anfang das Licht war, dann müssen der Schöpfung am Ende die Farben ausgegangen sein …

Er rafft den Fallschirm zusammen, klemmt ihn sich unter. Ein Großteil des Stoffes schleift auf dem Boden, als er langsam Richtung Ausgang geht.

… Vater, sag ich, eigentlich sind mir die Kirschen egal. Die hasse ich wie die Weiber. Fresse nur Zahlen und pisse auf dein Grab, das vor aller Augen verlottert. *Öffnet den Hosenstall. Pisst.* Ich bitte auch nicht um Vergebung, das musst du dir aus dem Kopf schlagen. Wundere dich nicht über die Putte neben dir in der Kiste, der Mutter erzähl ich, die hat der Schreiner zerdeppert, die wird der sowieso nicht gerecht, der Putte. *Schließt die Hose …*

Er tritt mitsamt der Fallschirmschleppe hinaus ins Dunkel des Gangs. Dabei stimmt er noch einmal ganz leise „Die kleinen Dinge des Lebens" an, das Lied von Patrick Lindner. Die Tür bleibt offen. Ein Schuss. Dunkel.

Synopsis

Grigori Perelman ist gelandet. Von seinem ehemaligen Professor und freundschaftlichen Förderer Sergej mit dem Fallschirm über dem Stadttheater abgesetzt, hat der berühmteste Mathematiker der Welt das Schauspiel gewaltsam unter seine Kontrolle gebracht und hält die Zuschauer als Geiseln gefangen. Niemand soll entkommen, wenn die Dynamitladungen den Kulturbunker in ein Massengrab verwandeln. Während sich Sergej im benachbarten Opernhaus die Zeit damit vertreibt, das Publikum mit sadistischen Spielen zu quälen, Rohrbomben unter den Sitzen zu fixieren und Zünder scharf zu stellen, steht Perelman in einem lächerlichen Piloten-Overall und mit Fliegerbrille in den Kulissen von Zweigs „Schachnovelle" und deklamiert in einem kruden Monolog seine Weltsicht auf die verkommene Moral in der Kunst, der Politik und den Naturwissenschaften. Bei der Suche nach der Weltformel bestimmt Weltekel das Handeln des spleenigen Rechengenies, Regie führt in diesem Endzeittheater aber längst der Tod.

Unter den angststarren Blicken einer aufblasbaren Sexpuppe, die der russische Wirrkopf im Angesicht des nahenden Untergangs als Zeugin ausgewählt hat, ächzt und robbt Perelman als personifizierte Karikatur eines unbeugsamen Antisemiten über die Rampe, der in seinem rassistischen Ingrimm Menschheitsverbrechen relativiert und sich nebenbei in Widersprüche verstrickt, wenn er etwa die eigenen Demütigungen als Jude in der Zwiesprache mit seinen Kopfgeburten zu kompensieren versucht. Folgt die Assimilation an die schlimmsten Figuren der Zeitgeschichte hier nur der schlichten Ironie, die dem zeitgenössischen Theater längst abhandengekommen ist, oder befeuert sie bereits den wahnhaften Nihilismus einer fehlgeleiteten Geistesgröße, die noch im eigenen Niedergang um Rechtfertigung wirbt? Wer ist dieser Mann, der selbst im Dialog mit Gott den christlichen Katechismus als Irrglauben entlarvt? Der Bobby Fisher posthum als Opfer einer Verschwörung stilisiert und dabei dessen legendäre Schachpartien aus dem Stegreif zu memorieren weiß? Von Fisher bekommt Perelman auch eingeflüstert, dass Sergej in Wahrheit als ehemaliger Agent des KGB selbst seinen Arbeitgebern aus dem Ruder gelaufen sei und jetzt mit Perelmans Hilfe seinen Rachefeldzug gegenüber dem Westen finalisieren möchte.

Die erdachten Beichtgespräche mit seiner herrschsüchtigen Mutter und Maria, wie er die am Galgen baumelnde Erotikpuppe mittlerweile nennt, rufen beim Publikum wechselweise Angst, Mitleid und Verständnis für den schratigen Eremiten wach.

Doch wie lässt sich Empathie für einen Sonderling einordnen, wenn sie unter dem Eindruck der Gefangennahme und mit dem Wissen um die Sprengfallen an den Eingangstüren erzwungen ist? Taugt dieser Perelman als archetypisches Beispiel dafür, dass sich Glaube, Wissen und Moral unvereinbar gegenüberstehen? Sicher ist: Mit der gleichen Beharrlichkeit, mit der er als Wissenschaftler eines der letzten Rätsel der Mathematik entschlüsselt hat, zieht es den Zahlenmeister jetzt mit quasireligiöser Ergebenheit immer weiter von der Gesellschaft weg.

Thomas Herget hat mit *Revolverfressen* ein Monster geschaffen, ein vielstimmiges Kammerspiel mit mannigfachen Ebenen, auf denen die irregeleitete Hauptfigur in selbstsezierender Weise die Dekadenz des Kulturbetriebs und der in ihm Handelnden ad absurdum führt. Perelman geriert sich in diesem Theater im Theater nur vordergründig als ein von Katharsis durchdrungener Weltenretter, nachdrücklicher wütet er als inkarnierter Schlächter seiner selbst. Bevor in diesem Traumspiel der letzte Vorhang gefallen ist, schält sich hinter der Maske des genialen Berserkers langsam die kranke Seele eines gebrochenen Schauspielers heraus, der den letzten Akt als Rachefeldzug für eine apodiktische Privatvorstellung nutzt.

Das Scheitern des Darstellers Grigori Perelman an

und in diesem inhumanen Theaterbetrieb steht hier für die Implosion der allgemeinen Werteordnung. Die Orientierungslosigkeit des Sprechtheaters, dessen Unterhaltungsbegriff sich der Zerstreuungswucht der Sozialen Medien angedient und der Seichtheit in den Musicaltempeln angeglichen hat, spiegelt sich im Schicksal Perelmans und seines Publikums wider. Die Absurdität seines Handelns, sich am Ende den Schein eines Glücks zu bewahren und ein letztes Mal zu sich selbst zu finden, indem er sich auslöscht, ist zu verstehen als Appell an den Einzelnen und die Gesellschaft, sinnstiftende Wertordnungen zu entwickeln und für einen neuen Freiheitsbegriff der Kunst zu kämpfen.

Nachwort des Autors

Bei der Suche nach der Weltformel hat sich Grigori Perelman als Terrorist im Kulturbetrieb verlaufen. Während sein ehemaliger Professor im Opernhaus die Zünder scharf stellt, wirbt der berühmteste Mathematiker auf Erden in den Kammerspielen vor Gott um Verständnis für den Terrorakt und schwadroniert mit Bobby Fisher über die Anmut des Schachspiels. Das russische Rechengenie hat dem westlichen Theater den Kampf angesagt: Mit Dynamit und einer gehörigen Portion Antisemitismus. Unter dem Beistand einer herbeizitierten Armada von höchst zweifelhaften Figuren der Weltgeschichte bricht sich der Furor des geisteskranken Wissenschaftlers in der Hülle eines frustrierten Staatsschauspieles blutig Bahn. Oder bedient sich hier bereits der gedemütigte Künstler aus dem akademischen Instrumentarium unumstößlicher Fakten und Formeln, um der Unschärfe der Kunst den Marsch zu blasen?

Perelman ist kein Nazi, er ist im Grunde auch kein Rassist. Ich habe ihn mir beim Schreiben lange als einen überaus wahrhaftigen Menschen vorgestellt, eben wie einen dieser unzähligen Schauspieler, die uns manchmal leidtun, wenn sie nach der Pause vor halbleerem Parkett einen dementen Lear an dessen blutiges Ende stolpern müssen. Irgendwann bleibt eine Ahnung davon, wie es sich in der Garderobe wohl anfühlen muss, wenn die Buhs noch nicht verhallt sind, aber der spärliche Applaus bereits im Nachgang seine diabolische Eigendynamik entwickelt. Ist es überhaupt möglich, diesem Schutzraum, den die Bühne bieten sollte, unbeschädigt zu entkommen? Sicher, es geht um Perelman. Aber es geht auch um den Perelman in uns Zuschauern. Wer von uns würde behaupten, er bekäme jeden Tag nur uneingeschränktes Lob zugesprochen? Oder zumindest jene angemessene Würdigung für eine mehr oder weniger sinnvolle Beschäftigung? Den Preis für Achtung und Anerkennung bestimmen immer die anderen, die Würde zahlt recht selten mit gleicher Münze ein.

Ein Hauptanliegen war, *Revolverfressen* lange als ideologiefreies Drehkreuz offenzuhalten. An den Schnittstellen zu gesellschaftlichen Debatten sollten sich vergeistigte Klarsicht und weltanschauliche Verblendung vorurteilsfrei begegnen können, der Glaube, die Kunst und die Wissenschaft sich noch in ihrer gegenseitigen Ablehnung bedingen. Umgekehrt ist die Hybris einer permanent-liberalen Gesellschaft unter der globalen Dauervernetzung kaum aufrechtzuerhalten. Sie gebiert eben nicht automatisch neue multikulturelle Denkmodelle und Freiheitsbegriffe, sondern hält im schlechtesten Fall Irrglaube, Verblendung und Unterwerfung bereit. Mit Grigori Perelman fällt uns so eine desillusionierte, hybride Künstlerseele vor die Füße, irgendwann sehen wir sie nur noch zwischen ihren vielen untauglich gewordenen Weltbildern und Lebensentwürfen hin- und herschweben. Mit dem Verlust der Bühnenpräsenz tritt auch ihr Trugbild von Heimat von der Rampe ab - und mit dem Wegfall einer moralischen Verortung auch das letzte ethische Korrektiv. Denn die Tragik dieses Schauspielers liegt ja gerade darin begründet, dass ihm seine Bühnenfiguren über die Jahre hinweg ein reales Leben vorfühlten. Man könnte auch sagen: Die Theater-Illusion von Persönlichkeit imaginierte ein kuscheliges Avatar-Dasein im Privaten. Nachdem ihn der Kunstbetrieb aussortiert hat, will Perelman dann die eigentliche Menschwerdung ohne sein Publikum nicht mehr gelingen. Das Individuum wird zur irrlichternden Projektion aller Schlechtigkeit, ein schwammgewordener Versuchskörper, lechzend nach all diesen kruden Weltverschwörungstheorien, die ihn noch erreichen. Ein halb verdurstetes Kamel in der Wüste, fauliges Wasser schlurfend aus jedem Wadi.

Offenheit im Denken ist ein zweischneidiges Schwert. Wer Offenheit kategorisch und einzig als die Basis für Toleranz verklärt, wie uns das die Vertreter aus

Kultur und Medien tagtäglich in einer Endlosschleife vortrommeln, der verkennt und verstärkt umgekehrt auch den subversiven Flächenbrand, den jener beschworene Freimut bei beschädigten Individuen wie Perelman in nationalistische Richtungen hin entfachen kann. Die Stichworte Extremismus und Populismus sind hinlänglich bekannt und benannt, sie schweben als Damoklesschwert über unseren Demokratien. Deren freiheitliche Stellschrauben sind es, an denen randständige Parteien und deren willfährigen Stiftungen seit einiger Zeit drehen, wenn sie die Scharniere der Volksherrschaften mal ordentlich und für alle laut hörbar zum Knarzen bringen wollen. Wenn Perelman sich in seiner bisherigen künstlerischen Emanzipation herausgefordert fühlt, dann begründet er sein Scheitern als Schauspieler explizit mit der angeblichen Dominanz fremder Kulturen, die fundamental sein Glaubensideal erschüttern und ihn in die Arme einer vermeintlich sittlich strengen Wissenschaft treiben. Man muss das Wort Wissenschaft nur durch den Demagogie-Begriff ersetzen - schon sind wir im Hier und Heute.

Bestimmend bei der Figurenzeichnung war natürlich, dass mir Perelmans verzweifelte Suche nach Identität nicht zu einem weltanschaulichen Stellvertreterkrieg seiner heiß gelaufenen Kopfgeburten geraten durfte, zumal sich die zentrale Frage ungleich dringlicher stellt, wie jeder Mensch in seinen alltäglichen Rollenmustern dahingehend domestiziert werden kann, dass er einerseits in seinen Autarkien bestärkt und gefördert wird, andererseits die dunklen Triebe nicht zur Eruption kommen. Ich habe mich daher bemüht, den fiktionalen Kern des Stücks herauszuarbeiten, die Synopsen zwischen erdachtem Traum und gelebter Wirklichkeit kenntlich zu machen. Vielleicht als Selbstvergewisserung, dass es noch Hoffnung gibt?

Im Stück selbst jedenfalls ist kein Raum mehr für Trost. Perelmans Heilige Messe wächst sich am Ende zu einem Requiem in eigener Sache aus. Dieser moderne Heinrich Faust hat nicht einmal mehr die Kraft, einen Pakt mit dem Teufel zu schließen. Der verzweifelte Akt der Selbstauslöschung steht hier als ein letzter untauglicher Versuch der Charakterbildung.